KB079887

그리운 날엔 사랑을 지어 먹어야겠다

그리운 날엔 사랑을 지어 먹어야겠다

1판 1쇄 발행 2024년 8월 30일

지은이 류예지

펴낸곳 책과이음
대표전화 0505-099-0411
팩스 0505-099-0826
이메일 bookconnector@naver.com
출판등록 2018년 1월 11일 제395-2018-000010호

홈페이지 https://bookconnector.modoo.at/
페이스북 /bookconnector
블로그 /bookconnector
유튜브 @bookconnector
인스타그램 @book_connector
본문그림 최민진
독자교정 최연화 현승미

ISBN 979-11-90365-67-3 03810

책과이음 : 책과 사람을 잇습니다!

그리운 날엔 사랑을 지어 먹어야겠다

사랑할 수 있는 날은
언제나 짧기만 해서

프롤로그

기억 속에 박제된 장면이 하나 있다. 가족들이 한데 모인 한겨울의 어느 날, 아궁이로 양껏 불을 지핀 작은 방에서 할머니와 엄마 그리고 네 명의 아이들이 오밀조밀 모여 새알을 빚던 한낮의 풍경. 그날은 창호지를 두껍게 바른 문틈으로 찬기 품은 바람이 연신 불어 들어왔다. 웬만한 추위는 잘 참아내는 시골 아이였던 터라, 맹추위가 기세를 떨치던 한겨울에도 한 줌의 볕이 있는 곳을 바득바득 찾아다니며 비석 치기를 하거나 숨바꼭질

했는데 그날은 도무지 바깥에 나갈 엄두가 나지 않았다.

시골 아이들의 하루란 길고도 지루했다. 그리하여 노루 꼬리만큼 짧은 겨울 해가 늘 못마땅했지만, 그날만큼은 정신이 번쩍 들 정도의 억센 추위에 기가 눌렸는지 펄펄 끓는 아랫목으로 엉덩이를 들이밀며, 어서어서 이 추운 겨울이 지나가기만을 손꼽아 바랐다.

그날은 동지였다. 일 년 중 낮이 가장 짧고 밤이 가장 길다는 날. 동지에 팥죽을 먹으면 웬만한 잡병에도 끄떡없이 일 년을 날 수도 있다는 옛 전통을, 그 시절 가난한 일곱 식구의 수장인 할머니는 철석같이 지켰다. 엄마는 틈틈이 문지방을 드나들며 장작불의 세기가 적당한지 살폈는데, 작은방과 연결된 아궁이 위 가마솥에 팥을 삶기 위해서였다.

엄마는 저녁으로 먹을 팥죽을 끓이기 위해 이른 오후부터 종종거렸다. 그러는 동안 할머니는 옆 동네 방앗간에서 곱게 갈아 온 찹쌀에 물을 적절히 섞어 치대며 반죽을 빚었다. 반죽의 몸집이 커지기만을 기다리는 동안, 우리는 말린 곶감을 먹으며 하릴없이 시간을 죽였다. 이윽고 널따란 쟁반에 폭폭 쳐댄 반죽이 새알을 빚을 정도로 찰기를 품으면, 네 명의 아이는 손목까지 내려온 윗도리와 그 안의 꼬질꼬질한 내복 소매를 둘둘 말아 올려 새알 빚을 만반의 준비를 끝냈다.

동짓날의 짧은 해를 등에 진 엄마의 마음은 다급했으리라. 새알을 빚는 우리는 굼뜬 굼벵이나 다름없었을 테고. 부풀어 오른 반죽만큼 새알을 모조리 빚는 일이 기본이었지만, 새알 두어 개를 빚다 말고 영 재미를 놓친 남동생은 반죽으로 코가 뾰족한 눈사람을 만들거나 뿔 달린 도깨비를 만들며 농땡이를 피웠다.

“할매, 이거 몇 개나 빚어야 돼?”

“자슥아, 네 나이 수만큼은 빚어야 하지 않겠나?”

새알을 꼭 나이 수만큼 빚으라는 할머니의 명확한 주문이 좋았다. 한 홉에 헤아릴 수 있는 나이인 만큼 빚어야 할 새알 수가 적기도 해서였지만, 한편으로는 그 의미가 각별하게 와닿아서였다. 챙겨 먹은 밥공기 수가 얼마라고, 두 언니는 묵묵하게 자신의 몫을 끝마친 후 엄마와 아빠 몫의 새알을 마저 빚었다.

“오냐, 내 새끼. 잘한다. 새알 잘 빚잖아? 나중에 이쁜 아가도 낳을 수 있어.”

"할매, 참말이야?"

딸 부잣집의 세 딸을 자극하는 어여쁜 말에 홀려 우리는 참 경쟁적으로 새알을 빚었다. 그런데 아무리 애를 써도 할머니가 빚은 동글동글하면서도 반질반질한 새알처럼 빚어지지 않았다. 로션조차 바르지 않은 할머니 손바닥은 꺼칠꺼칠하기만 했는데, 어째서인지 핏줄 하나 보이지 않는 보드라운 손으로 빚은 우리 것보다 할머니의 새알이 훨씬 더 먹음직스러워 보였다.

순전히 자기 자신만 위하느라 게으름을 피우긴 했어도 일정 시간이 지나면 거대한 한 덩어리의 찹쌀 반죽은 백여 개의 낱알로 변신했다. 그렇게 쟁반 가득 오밀조밀 빚어놓은 새알은 곱게 쑨 팥이 든 가마솥 속으로 퐁당퐁당 빨려 들어갔다. 해거름이 지나 삽시간에 칠흑 같은 어둠이 찾아온 저녁, 아궁이 밑바닥에 가라앉은 새알까지 힘껏 뒤섞어 끓인 엄마 덕분에 일곱 명의 가족은 팥죽 한 그릇을 푸짐하게 받아 안을 수 있었다. 그날의 밥상에는 반찬이랄 것이 딱히 없었다. 쌉쌀하고 뜨끈한 팥죽 한 그릇을 꿀떡꿀떡 넘어가게 해줄, 속 시원한 김장 김치 한 포기면 족했다.

"새알은 너희들 나이 수대로 맞춰서 먹어야 돼."

"왜 그렇게 해야 해, 아빠?"

"그렇게 안 하잖아? 나이도 못 먹고 한 살 뺏겨."

"누구한테?"

"누구긴. 저기 화장실 아래 몰래 숨어 있는 처녀 귀신이지."

아빠의 말이 끝나기가 무섭게 덜컥 겁부터 집어먹은 그때, 내가 그토록 무서워한 것은 냄새나는 재래식 변소 아래의 처녀 귀신만은 아니었다. 길고 지루했던 일 년을 꼬박 채우고 어렵사리 얻은 나이 한 살을 빼앗기는 일이 어쩌면 더 두려웠다.

그 시절에는 이상하게 빨리 어른이 되고 싶었다. 아궁이가 있는 흙집, 삐거덕거리는 마루, 봉당의 댓돌 위에 어지러이 놓인 흙먼지 묻은 신발을 훌훌 벗어 던진 후 멀리멀리 떠나고 싶었다. TV 화면에 나오는 새하얀 고층 아파트에서 한번 살아보고 싶었다. 비가 내리면 질퍽거리는 흙길이 아닌 빗물 고인 보도블록을 찰방찰방 밟으며 학교에 가고 싶었다. 읍내 아이들처럼 얼굴이 조금이라도 뽀야면 좋겠다 싶었다. 하교 후엔 곧장 집으로 쫓기듯 달려와 부모님 일손을 거들고 싶지 않았다. 피아노, 속셈, 태권도 학원으로 이어지는 고된 학원 로드를 뺑뺑이 돌듯 돌다가 늦은 오후 봉고차에 달랑달랑 실려 세상 지친 얼굴로 귀가하고 싶었다.

실은 잘 모르겠다. 그토록 어른이 되고 싶었던 건, 때로는 못 견디게 심심하고 때로는 이럴 수 있을까 싶을 만큼 고독한 시골 생활을 하루라도 빨리 벗어나고 싶어서였을까?

열 살이 되던 해, 흙집이 헐렸다. 굴착기가 두어 번 지나가고 나니 마루가 뜯겼고 지붕이 뭉개졌다. 오랜 세월, 대식구의 삶을 고스란히 이고 지느라 벌어지고 구멍 난 마루 틈 사이, 뻔질나게 빠졌던 그 많은 십 원짜리 동전과 몽당연필은 어디로 사라졌을까?

하교 후 곧장 집으로 오라는 아빠의 말을 듣지 않고 학교 운동장 느티나무 아래에서 뭉그적거리다가 집으로 돌아온 날이었다. 마루 위에서 혀를 날름거리던 구렁이

한 마리가 부엌에 면한 흙벽 개구멍 속으로 감쪽같이 사라지는가 싶더니, 마침 늦은 오후 밭에서 돌아온 엄마가 저녁밥을 짓겠다고 부엌으로 들어가는 모습을 보고 나는 경련이 일어날 것처럼 울음을 터트렸다. 저녁을 먹으면서 구렁이 이야기를 무용담처럼 꺼냈을 때 모두 시큰둥한 반응을 보였지만, 할머니만큼은 달랐다.

"조왕신이 구렁이로 변해서 들어간 거란다. 그러니 너무 마음 쓰지 말아라."

아랫방에 엎드려 숙제하다 말고, 뙤약볕 아래에서 벽돌에 시멘트를 척척 바르는 인부들을 구경했다. 입을 벌린 채 시멘트를 바른 벽돌 위로 슬레이트 지붕이 올라가는 모습을 바라보았다. 흙벽 한구석을 거무스레하게 태우며 낡아가던 아궁이와 가마솥이 사라진 자리에 매끈한 타일로 시공한 현관이 생겼다. 현관이 생겼지만, 그곳에 흙 묻은 신발을 벗어두는 사람은 없었다. 집이 완성된 후 꼿꼿했던 할머니의 등은 점점 더 굽어갔다. 식음을 전폐하며 죽음과 오랜 사투를 벌이시던 어느 해 가을, 할머니는 서울, 대구, 부산으로 각각 흩어진 자식들을 한데 불러 그들을 한 명씩 한 명씩 올려다본 후 조용히 눈을 감으셨다.

열 살에 지은 본가는 과거와 현재가 오묘하게 뒤섞인 채, 이제는 칠십이 넘은 부모님과 함께 천천히, 천천히 나이 들어가고 있다. 슬레이트 처마는 여전하다. 비가 오면 처마를 따라 빗방울이 주르륵 소리 내며 떨어지지만, 그 옛날 나무 마루에서 올려다보던 것만큼 운치 있다는 기분은 들지 않는다.

누군가에게는 이 이야기들이 아주 많이 낡아 보일 것이다. 80년대 초에 태어난 내가 이런 유년 시절을 보냈다고 하면, "뭐야? 어디 보릿고개 시절을 이야기하고 있어!" 하고 말할지도 모르겠다.

대학에 입학한 스무 살 때, 매끈한 서울말을 쓰던 동기 남자애와 단둘이 술을 마실 일이 있었다. 그 애는 유독 나의 고향 이야기에 관심이 많았다. 위로는 강원도, 옆으로는 충청도, 아래로는 대구와 인접한 작은 도시에서 태어나고 자란 나의 낯선 말투에서 미루어 짐작했을 것이다. 한 번에 어디인지를 알아먹지 못하는 작은 도시의 부속 읍내에서도 몇 킬로미터는 더 들어가야 만나는 촌 동네가 내가 태어난 곳이라는 사실을 매번 설명하는 일의 어려움을 그 애는 절대로 알지 못했다.

“와와! 너희 집에 전기는 들어오냐?”

“그럴 리가. 우린 아직 아궁이에 밥해 먹고 사는걸?”

갈색 워커에 품이 넉넉한 청바지를 멋스럽게 매치했던, 취미로 힙합 음악을 만든다던 그 애가 던진 악의 없는 농담에 당당하게 대답하려 노력했다. 빨개진 귓불이 혹 들키지 않도록. 막걸리를 마신 그는 술집의 붉은 조명등 아래에서 주위가 떠나가라 웃음을 터뜨렸다. 물론 나는 제대로 웃지 못했다. 입가가 뻑뻑하게 마르는 기분으로 뜻 없이 붉은 조명등만 올려다보았을 뿐.

멀지 않은 어느 날, 그 애는 나를 좋아하는 것 같다고, “넌 그것도 몰랐지?” 하며 제법 진지한 표정을 지었다. 단순한 호기심과 애매한 관심 사이의 감정임을 본능적으로 알아챈 나는 그 말을 장난으로 받아쳤다. 구렁이가 부엌문을 타 넘듯 그렇게 웃어넘겼다. 이성의 눈빛으로 던지는 고백이 갑작스럽기도 했지만, 문제는 그 애가 나를 좋아하게 된 ‘포인트’를 꼭 짚어 얘기했을 때, 그게 어쩐지 나라는 사람과는 거리가 멀어 보였기 때문이다.

실은 그랬다.

나는 나를 부끄러워하고 있었다.

내 유년의 일부,

이를테면

아궁이가 있는 흙집,

삐거덕거리는 마루,

잔잔한 꽃무늬가 새겨진 철제 밥상에 차려진

투박한 반찬,

봉당 위 흙먼지 묻은 신발을 훌훌 털어버리듯

덕지덕지 묻은 촌스러움을 벗어던지고,

좀 더 근사한 사람으로 거듭나길 바랐다.

나는 실패했다.

내내 실패했으므로

어렴풋이 깨달았다.

이것은 애초부터

버릴 수도, 무를 수도 없는

'그러한' 나였음을.

고작 스무 편의 음식 이야기로 한 사람을 설명하는 일이 가당키나 할까? 그런데 말이다. 나는 이런 시절을 지나 고작 이런 사람이 되었다. 아름다웠던 모든 순간이 차창 속 풍경을 바라보듯 순식간에 휙휙 스쳐 지나가고 있음을 체감하는 요즘, 온 식구가 한데 모여 동지팥죽을 해 먹은 날이 동짓날의 낮만큼이나 짧았음을, 앞으로 우리가 함께 밥을 지어 먹으며 힘껏 사랑할 수 있는 날이 동짓날의 밤만큼도 길지 않으리라는 사실을 서글프게 깨닫는다.

그래서 나는 지금 할 수 있는 일을 해나갈 뿐이다. 사라진 문지방을 구렁이처럼 타 넘듯 내가 지나온 길, 그 길 위에서 만난 사람들과 함께 어우렁더우렁 모여 음식 먹던 날들의 기억을 되새기고 현재화하는 일. 밥상에서 배운 어떤 사랑을 추억하고 보존하는 일. 늦기 전에 내가 가장 나중까지 지니고 가고 싶은 '맛'이라는 유산을, 묵묵히 묵묵히 글로 남겨보겠다고 마음먹는 일과 같은 것.

차례

PART 3

그 자체로 이미 충분한 맛

PART 4

내 앞의 한 사람을 단단히 끌어안는 일

PART 1

그 밥상에서는 누구도 배제되지 않는다

그 밥상에서는
누구도 배제되지 않는다

나새이콩가루국

내가 아는 어떤 이는 일평생 육식을 하지 못했다. '먹고사는 일'에 어떤 숭고한 철학을 갖고 있어서는 아니었다. 그저 육식을 하면 온몸에 두드러기가 났고, 해소되지 않는 가려움 탓에 종종 앓아누워야 했다. 사는 동안 베지테리언이니 비건이니 하는 용어와는 좀처럼 거리가 멀었던 일곱 명의 대가족이 거실에 둘러앉아 삼겹살을 구워 먹을 때조차 고기 한 점 속 시원히 드시지 못한 채 흙으로 돌아간 사람. 그는 바로 나의 할머니다.

⁎

할머니에 대한 첫 기억은 오래전으로 거슬러 올라간다. 내가 유치원에 들어가기 전, 대여섯 살 남짓일 때였을까? 아지랑이 피어오르는 봄날, 나는 본가의 옛집에 할머니와 덩그러니 남겨졌다.

옛집은 그 시절 시골 동네 어디에서나 볼 수 있는 마루와 봉당(주택 내부에 있으면서 마루나 온돌을 놓지 않고 바닥면을 흙으로 깔아 만든 공간) 구조로 된 낡은 흙집이었다. 안방과 상방을 연결하는 마루 아래에는 방구들을 데우기 위한 용도로 아궁이가 깊숙이 뚫려 있었다. 부모님은 흙집을 부순 자리에 슬래브 집을 올리기 전까지, 뒷산 둔덕에 떨어진 솔가리를 긁어모아 불쏘시개로 쓰곤 했다.

그날 나는 마루 위에 앉아 흙먼지 이는 마당을 한참 동안 내려다보았다. 동전은 물론, 몽당연필이나 크레파스 정도는 손쉽게 빠질 정도로 틈새가 벌어진 마루는 몸을 움직일 때마다 삐거덕삐거덕 뼈마디 앓는 소리를 냈다. 그곳에 앉아 멀찍이 들려오는 바퀴 소리에 바짝 귀를 기울이고 있었다.

얼마 후, 비포장도로를 덮은 자갈 굴러가는 소리가 좌르륵 좌르륵 들려왔다. 소리의 근원인 시내버스가 굉음을 내며 대문 밖 비포장도로를 지나가는 순간이었다. 그 시절의 나는 평화롭기보다는 적적하기 그지없는 작은 마을의 비포장도로로 몇 시간마다 한 대씩 지나가는 시내버스 구경하기를 좋아했으므로, 버스 시간에 맞춰 대문 밖을 내다보는 일은 습관적으로 나오는 행동 중 하나였다.

"할매랑 집 잘 지키고 있어!"

엄마가 주고 간 오백 원짜리 동전을 손바닥에 올려놓고 데굴데굴 굴리다 말고 얼떨결에 목소리가 들려오는 방향으로 고개를 들었다. 버스는 순간이라고 말해도 좋을 찰나의 속도로 집을 지나쳐 갔지만, 나는 곧장 알아챌 수 있었다. 버스 유리창에 얼굴을 바싹 붙인 채로 나를 부른 건, 엄마와 함께 외출에 나선 두 언니였음을. 마루 아래 봉당으로 나를 폴짝 내려서게 한 것은 도저히 감춰지지 않는 설렘이 깃든 목소리였음을. 엄마는 포대기로 업은 남동생을 어르느라 그랬는지 눈길조차 한 번

주지 않았다. 철없던 두 언니는 집 지나가는 타이밍에 맞춰 (나를 발견할 것을 예측했을 테고) 반가운 마음에 손을 흔들었으리라.

버스가 멀어진 뒤였다. 나는 할머니의 처진 가슴팍으로 도르르 안겨들었다. 또르르 굴러간 오백 원짜리 동전이 마음에 구멍을 만들기라도 한 걸까. 고릿한 냄새를 풍기는 할머니의 품에서 빠져나와 동그랗게 눈을 뜨고 되물었다.

"다들 어디 갔어?"

"결혼식에 갔지. 배 안 고프나? 이제 밥 먹을래?"

"싫어."

고개를 저었다. 거짓말처럼 배가 고프지 않아서.

"엄마가 나새이국 끓여놓고 갔는데 안 먹어?"

입을 꼭 다물고 '싫다'는 대답을 삼켰다. 울음이 바락바락 터져 나올 것 같아서였다.

그 일이 있고 한참 후에야 알게 된 사실이지만, 엄마

는 그날의 외출에 나까지 데려갈 심적 여유가 없었다. 그리 가깝지도 않은 먼 외가 친척의 결혼식 날, 네 아이를 홀로 감당하기 벅찼을 젊은 엄마는 그저 고분고분 말 잘 듣는다는 이유만으로 나를 할머니에게 맡겨버린 거였다.

"생각 좀 해봐. 너희 넷을 전부 데리고 다니는 일이 얼마나 번잡스러웠겠니? 그럴 때는 우리 집에서 제일 착한 셋째 딸이 양보해줘야지, 안 그래?"

젊은 엄마는 친척 잔칫날에 네 아이를 한꺼번에 데려가서 밥을 먹이기가 어쩐지 눈치가 보였던가 보았다. 웬만해선 열리지 않는 당신의 지갑에서 돈 오백 원을 꺼내줄 정도로, 그날 몇 시간의 외출이 그저 가볍길 바라는 마음으로. 그래서인지 나는 늘 떼를 쓰기보다는 양보하는 법부터 배웠다. 누구에게도 성가신 존재가 되지 않기 위해. 그것이 마치 대식구 안에서의 생존 방식이라도 된다는 듯이.

"심심하거들랑 요기 아래 담뱃집에 가서 초코파이라도 사 먹어."

"응……."

어물어물 고개를 끄덕이긴 했지만, 그것이 나만 떼놓

고 가도 좋다는 말은 아니었다. 그러나 어째서인지 그 시절에 나는 그런 식으로 가족 행사에 배제되곤 했다. 의도하지 않았지만, 마치 의도를 가진 일처럼.

***

엄마는 가끔 내 안에 차오르는 질문을 당신의 목전까지 들이밀면, 그 시절의 일들이 단 하나도 기억나지 않는다고 했다. 물론 엄마가 일부러 상처를 주기 위해 그런 행동을 했을 거라고는 생각지 않는다. 그저 성향도 성미도 각기 다른 네 아이를 세심히 살피기엔 심적·물적 여유가 없었을 뿐. 엄마의 사랑이 유독 고팠던 나는 반복적으로 일어난 일방적 배제로, 오랫동안 엄마라는 존재를 서먹하게 여겼다.

그날 엄마가 아침나절부터 번잡스럽게 해놓고 간 반찬은 할머니가 그토록 좋아하던 나새이콩가루국이었다. 우리 지역에서는 냉이를 '나새이'라고 불렀다. 봄이 오는 길목이면 할머니는 호미를 들고 어김없이 텃밭으로 나갔다. 겨우내 언 땅이 녹으면서 밭고랑 사이사이로 아기 순처럼 고개를 내민 냉이를 캐기 위해서였다. 긴 세월 동안 호된 쓰임에 닳고 닳아버린 호미 날로 살살 파내기만 해도 지표에 바짝 엎드린 채 볕을 쬐며 단잠에 빠진 냉이를 손쉽게 채집할 수 있었다. 냉이를 캘 때면, 할머니의 조글조글한 입가에 만족스러운 미소가 어리곤 했다.

이후에도 홀로 집에 남겨질 때면 할머니를 따라 텃밭으로 갔다. 무엇도 재미없다는 듯 심드렁한 얼굴로 밭 가장자리에 핀 노란 민들레꽃을 함부로 꺾었다. 편편한 돌멩이를 도마 삼고, 날카로운 돌을 칼 삼았다. 손에 잡히는 것들을 뿌리째 뽑고 이파리를 짓이기며 놀다 보면, 빈 소쿠리는 어느새 흙냄새 폴폴 풍기는 냉이로 가득 차오르곤 했다. 그러다 바람결에 홀연 서늘함이 느껴지면 할머니의 펑퍼짐한 몸빼 한쪽 끝을 꼭 움켜쥐었다. 세상과 연결된 단 하나의 끈을 놓치지 않겠다는 듯. 그러고는 어미 잃은 강아지처럼 졸졸 할머니의 뒤꽁무니를 쫓았다. 냉이를 캐느라 정신없는 와중에도 할머니는 어린 손녀를 귀찮아하는 기색을 단 한 번도 내보이지 않았다.

그렇게 캔 냉이로 만든 나새이콩가루국은 내 입엔 그다지 맞지 않았다. 냉이의 쌉싸름한 맛은, 제아무리 고소

한 콩가루를 덮어 담백한 국물 맛을 낸다 한들, 스카치 캔디의 바나나 맛을 가장 좋아하던 여섯 살 아이의 입에 자연스레 감겨들 리 없었다. 그래도 단 하나 좋았던 것은, 육식을 전혀 하지 못하는 할머니가 나새이콩가루국에 밥을 양껏 말아 맛있게 한 그릇 드실 때면 어린 내가 보기에도 푸근한 안도감이 들었다는 것이다. 그 시절, 온 식구가 모여 삼겹살이라도 굽는 날이면 할머니는 언제나 밥상의 맨 구석에 물러앉아 나물 반찬을 뒤적거리고 있었기 때문이다.

할머니라는 존재는 엄마가 부재했던 유년의 어느 길목, 오백 원짜리 동전 크기만 한 구멍으로 뚫려 있던 엄마의 자리를 대신했으니, 그런 할머니가 나새이콩가루국을 맛있게 드시고 오래오래 우리 곁에 머물러주기를 바랐던 건지도 몰랐다.

할머니의 삶은 당연하지만 유한했다. 여든여섯에 돌아가신 할머니의 죽음을 두고 누군가는 호상이라고 했다. 할머니가 선산에 묻힌 가을, 당신의 먼옷('수의'의 경상도 방언)과 유품이 춤추듯 일렁이는 불꽃에 태워지던 그 순간에도 나는 할머니의 부재를 온전히 받아들이지 못했다. 그곳에 모인 가족들 역시 낮고 긴, 애달픈 울음을 쏟아낼 뿐이었다.

어느 해의 봄, 네 남매가 오랜만에 본가에 모였다. 당시 해외에 거주하던 큰언니까지 함께한 아주 드문 봄날이었다. 우리는 할머니를 만나기 위해 선산에 올랐다. 그 날따라 유독 날씨가 더워 한 줌의 그늘이 드리워진 아카시아나무 아래에서 햇볕에 달아오른 이마의 열을 식혔다. 그러다 풀이 웃자란 할머니의 봉분을 둘러싸고 납작하게 자란 냉이 군락을 발견했다.

인사만 하고 홀연 돌아올 생각으로 간단한 제수 거리만 챙겼던 우리는 그날 무엇엔가 홀린 듯 냉이를 캐기 시작했다. 호미도 없이 맨손으로, 들고 간 검은색 봉지가 절반쯤 차도록. 이렇게 모인 김에 나새이콩가루국을 해서 먹으라는 할머니의 뜻이었을까? 어쩐 일로 메마른 땅에 냉이 한 무더기가 자란 건지 알 수 없지만, 다음 날 아침 생전에 할머니가 그토록 사랑했던 담백하고 구수한,

대체적으로는 쌉싸름한 나새이콩가루국이 올라왔다.

우리는 너 나 할 것 없이 그릇 가득 나새이콩가루국을 퍼 담았다. 밥 없이도 그 자체로 포만감을 주는 구수한 콩가루 국물을 훌훌 씹어 삼켰다. 가스 불에 푹 삶긴 냉이는 쌉싸름한 기운이 전혀 느껴지지 않을 정도로 폭신했고 보드라웠다. 냉이를 씹고 삼켜 결국 배 속으로 밀어 넣으며 어쩐지 왈칵 눈물이 터질 것 같은 기분을 느꼈다. 아무래도 나새이콩가루국이 올라오는 밥상에서만큼은, 가족 중 누구도 배제되는 일이 없었음을 깨달아서였는지도 몰랐다.

먹을 만큼 마침맞게 자랐네

정구지짠지

[얘들아, 이게 뭐게?]

여섯 식구가 모여 있는 단체 채팅방에 사진 파일이 첨부된 큰언니의 메시지가 전송됐다. 용량이 제법 큰 모양인지 한참 뒤에야 다운로드된 몇 장의 사진에는 큰언니가 살고 있는 아파트의 베란다 겸 앞마당 풍경이 담겨 있었다. 그 풍경에서 눈에 띌 만한 건 잡초가 무성하게 올라온 몇 개의 화분이었다. 올망졸망 모여 있기에, 여느 때처럼 화단 꾸미기에 열심이라는 소식을 전하고 싶었던 모양이라고 짐작했다.

[음……, 잡초?]

채팅창을 열고 평소처럼 농담을 빙자한 진담의 메시지를 입력했다. 내 눈에는 그렇고 그런 잡초로 보이기도 하여, 둘째 조카가 낮잠 잘 시간에 베란다 정리라도 좀 하라고 잔소리를 할 요량이었다.

[아니야. 확대해서 자세히 좀 봐봐.]

큰언니는 뭔가 답답했는지 사진을 확대해서 보라고 재촉했다. 자매 특유의 대화라는 것이 그렇다. 결혼하고 각자의 가정을 이룬 채 살고 있지만, 누구보다 오래 함께 지지고 볶고 살며 체득한 기지를 기민하게 발휘해야 한다. 대화 사이사이, 행간의 숨은 뜻을 먼저 알아봐주기를 바라는 마음이 이런 걸까? '척하면 척 몰라?' 혹은 '우리가 무슨 볼일이 있어야 이야기 나누는 그런 낯가리는 사이니?' 그 사이쯤 되려나? 여하간 귀찮은 경로이긴 했으나 찬찬히 사진을 저장한 후 화면을 큼직하게 확대해 보았다. 여전히 그렇고 그런 풀에 지나지 않아 보였건만, 자세히 보니 말라붙은 흙더미를 뚫고 듬성듬성 자란 그것, 마치 푸르고 뾰족한 줄기가 푸른색 샤프심처럼 삐

죽삐죽 솟아난 그것은, 아무래도 언니도 알고 나도 알고, 단체 채팅방에 모여 있는 가족 모두가 아는 그것이 분명해 보였다.

[어, 설마!]

[어어, 저것은?]

[맞다, 정구지네! 정구지!]

자리를 박차고 일어나 물개박수를 쳤다. 낡고 더러운 플라스틱 화분에 뾰족뾰족 줄기를 세운 정구지의 꼿꼿한 기세에 그만 웃음이 터지고야 말았으니까.

내가 아는 정구지, 그러니까 엄마의 텃밭에서 자란 정구지는 어마어마한 생존력을 가진, 그야말로 물만 줘도 시퍼런 군락을 이루는 식물 중 하나다. 그뿐인가. 날 좋은 낫으로 슬겅슬겅 잘라낸 후 이삼일만 지나도 절단된 길이만큼 또 금세 자라, 낫을 든 당사자마저 '어라. 내가 이 무시무시한 정구지를 자르긴 했던가?' 하고 고개를 갸웃거리며 의심할 만큼, 단기간에 놀랍도록 무서운

생장력과 번식력을 자랑하는 식물이지 않던가.

텃밭이 아닌 화분에 뿌리내린 만큼, 저 녀석을 우아한 '난'이라고 부른들 무슨 상관이 있을까 싶어, 한 번 터진 웃음은 좀체 멈출 기미를 보이지 않았다.

[난인 줄 알았네. 크크크.]

작은언니까지 합세해 왁자하게 웃음이 터졌다.

[푸하하. 난 같기도 하다. 뭐 해? 우아하게 이파리 좀 닦아주지?]

행간의 유머가 통한 걸까? 모두 파안대소했다. 문득 이 정구지의 출처가 궁금해졌다. 어딘가에서 홀연히 정구지 씨앗이 날아와 베란다에 있는 화분에 뿌리내리기라도 했나 싶어서.

[그나저나 웬 정구지? 모종 샀나?]

[샀지, 아암. 샀지.]

[대단하다, 대단해. 상하이에서도 최명순 씨 피 어디 가나요?]

경상북도 예천에 있는 엄마를 큰언니가 사는 중국 상하이까지 불쑥 소환했다. 그도 그럴 것이 엄마가 가꾸는 텃밭엔 노는 땅이 거의 없었다. 완두콩이면 완두콩,

찰옥수수면 찰옥수수, 깻잎이면 깻잎. 올해에도 엄마는 어김없이 겨울과 봄 사이, 노는 텃밭에 정구지 한 줄을 심었다. 한 단에 이천 원 하는 정구지를 공판장에 내다 팔겠다고 새벽 일찍부터 플래시를 켜고 정구지를 자르고 묶었다는 엄마를 한창 떠올리는데 '카톡' 하고 개인 메시지가 날아왔다.

[예지야. 정구지 좀 무쳐서 보내줄까?]

[좋지. 근데 웬 개인 톡이야?]

[윤경이 보면 서운하잖아.]

[왜 서운해. 큰언니는 멀리 있어서 못 얻어먹는 건데.]

[그래도 사람 마음이 다 똑같아. 못 받아먹으면 또 그것대로 서운하고, 못 해주면 또 그것대로 안타깝고. 너도 너랑 똑 닮은 자식 하나 낳아봐야 엄마 마음 좀 알아줄 텐데.]

엄마는 반찬 한 가지 마음 편히 못 받아먹고 사는 큰언니가 행여 서운함이라도 품을까 이렇듯 몰래 메시지를 보낸 거였다. 그런데 그 마음이 좀처럼 헤아려지지 않았다. 자식이 없어서 그런가 싶었지만, 때때로 엄마처럼 자식을 많이 낳아 일일이 그 마음을 헤아리지 못하는 무심한 엄마가 될까 두려웠던 적도 있다. 그것이 여태 아이를 낳지 않고 사는 결정적 이유가 된 건 아닐 테지만, 이번 생에서는 엄마 반찬 못 얻어먹고 사는 큰언니가 안됐다며 그저 속 편하게 자매의 마음 정도만 헤아리며 사는 삶도 나쁘지 않다고 생각하는 것이다.

코로나가 발발한 해라 상하이에 사는 큰언니는 엄마 반찬 얻어먹기가 더더욱 어려웠다. 엄마의 정구지짠지가 얼마나 맛있는지는 큰언니의 절친이기도 한 해경이 언니까지도 잘 알 정도니까. 그나저나 엄마의 정구지짠지가 얻어먹고 싶어서, 정구지 화분 사진을 보낸 것일까?

[이건 엄마가 심고 간 거야.]

[뭐라고? 언제?]

[언제긴 언제야. 대니 태어났을 때.]

[어머, 말도 안 돼.]

엄마가 상하이에 다녀간 게 벌써 몇 년 전이다. 둘째 조카 대니얼이 태어나고 한 달쯤 지났을까? 산후조리를 돕기 위해 상하이로 날아간 엄마는 출산 전후로 방치된 언니의 널따란 베란다가 영 안타까웠던가 보았다. 엄마는 입국하기 전, 집 근처 재래시장에 들러 상추, 파, 정구지 모종을 샀다. 모종의 크기에 딱 들어맞는 판은 없었지만, 언니의 베란다 앞마당에는 전 세입자가 두고 간 빈 화분이 제법 쌓여 있었다.

아파트 고층에만 살던 언니가 이층집을 계약한 것은, 해당 층에만 정원을 꾸릴 수 있는 너른 앞마당이 있어서였다. 이곳은 활동성이 강한 두 조카가 뛰어놀기에도, 넝쿨식물을 비롯해 선인장 화분 여러 점을 제법 솜씨 좋게 가꾸는 큰언니가 작게 텃밭을 꾸리기에도 적합했다. 빈 땅을 두고 보지 못하는 엄마의 피를 고스란히 물려받아서였겠지만, 큰언니는 생명을 틔우고 자라게 하는 데는 (엄마만큼이나) 탁월한 재주가 있었다.

다행히 전 세입자가 두고 간 빈 화분은 상추, 파, 정구지가 뿌리내릴 아늑한 터전이 되었다. 문제는 심고 간 첫해에 벌어졌다. 그리 만족스러운 수확을 거둬들이지 못한 채로 곧장 겨울이 와버렸다. 이듬해도 시원찮긴 마찬가지였다. 언니는 베란다에 대해서는 거의 아무 말도 하지 않았다. 더구나 갑작스럽게 발발한 코로나로 급히 한국으로 귀국한 언니가 형부를 남겨두고 십여 개월 가까이 발이 묶여 있다가 어렵사리 상하이로 돌아간 후, 그간 방치된 집을 복구하는 데만 꽤 많은 시간이 소요됐다. 그래서인지 베란다에 대해서는 한동안 감감무소식이었다. 그러던 중 큰언니가 별안간 정구지 사진 한 장을 보내온 것이다. 뭔가 결심이라도 한 듯 선전포고의 메시지와 함께.

[정구지짠지 만들어볼 거야.]

네 남매 중 엄마의 빠른 실행력을 가장 많이 빼닮은 큰언니는 곧장 한인타운에 갔고, 정구지짠지 양념장의 핵심 비법 중 하나인 까나리액젓을 샀다. 한 번도 해본 적 없는 밑반찬인 만큼, 밑간 실험을 해보겠다고 한두 끼 먹을 양만큼만 잘라내어 무쳐보겠다고 했다. 그렇게 몇 시간 후, 큰언니는 몇 장의 사진과 함께 불쑥 나타났다. 한눈에 보기에도 제법 그럴듯한 정구지짠지 한 도시락을 안고서.

* * *

엄마의 정구지짠지는 줄기 그 자체의 싱싱한 식감과 까나리액젓 특유의 짭조름한 양념이 가미되어 먹을수록 입맛이 도는 것이 핵심이다. 반면 언니의 정구지짠지는 생김새가 조금 달랐다. 얇게 채 썬 당근과 양파까지 맛깔스럽게 버무려져 있었다. 미국인 형부인 갤런을 위해 양념장의 짠맛을 낮춘, 그야말로 큰언니표 슴슴한 정구지 샐러드가 만들어진 셈이었다.

[갤런이 아주 엑설런트한 샐러드라면서 맛있게 먹고 있음.]

[그래, 잘한다. 이제 너희 나이가 몇 개냐. 가까이 살면야 엄마가 능력 닿는 대로 해주겠지만, 먼 데 사니까 어쩔 수 있니? 각자 해 먹을 거 해 먹으면서 독립적으로 살아가야지.]

[엄마. 맏사위가 전해달래. 장모님 정구지짠지보다 훨씬 맛있다고.]

[고놈……, 마누라한테 사랑받을 줄 아는구나.]

그날 저녁, 큰언니표 정구지 샐러드를 사진으로만 맛

본 우리들은 갤런의 만족스러운 답변을 들은 뒤에야 조바심을 놓았다. 어쩌면 큰언니는 그간 채소류의 반찬은 할 수 없었던 게 아니라, 일부러 하지 않았던 게 아닐까. 실은 할 수만 있다면 엄마의 정구지짠지를 자꾸만 자꾸만 얻어먹고 싶어서.

그렇게 한참 정구지짠지를 주제로 대화를 나누고 있을 때, 엄마는 별안간 한마디를 남기고 단체 채팅방 너머로 사라졌다.

[정구지 자꾸 베어내고 물 줘라.]

다년생 정구지의 질긴 생명력을 잘 아는 엄마는 그날의 대화를 이렇게 갈무리했다.

엄마의 당부를 흘려듣지 않았는지, 큰언니는 며칠 주기마다 무섭게 자라는 정구지의 생장 속도를 혀를 내두르며 보고하곤 했다. 마치, 자꾸자꾸 베어내도 불쑥불쑥 제멋대로 고개를 내미는 것들, 감출수록 드러나는 모난 감정들, 그 무규칙으로 뻗어나가는 정구지의 규칙적인 생장 속도마저 보듬는 정성이야말로 대관절 사랑이 아니면 달리 뭐라고 표현할 수 있겠냐는 듯이.

[애들아. 갑자기 생각나서 베란다 내다봤거든? 정구

지가 그새 이만큼 자랐네. 잘 봐. 먹을 만큼 마치맞게(마침맞게) 자랐다!]

날 알아주는 이, 그대뿐

마늘종볶음

엄마는 종종 속 긁는 말을 한다. 가령, 외적으로는 멀쩡히 잘 다니던 회사를 그만두고 글을 쓴답시고 칩거 생활을 시작할 때가 그랬다. 눈을 홉뜨고 쳐다보면서 내게 뭉텅 던진 말은 두고두고 비수가 되었다.

"너는 왜 멀쩡한 회사를 그만두고 난린데?"

"더 나이 들기 전에 하고 싶은 것 좀 해보려고. 왜, 문제 있습니까?"

"으이그. 이럴 줄 알았으면 간호 대학교나 보내버리는

건데.”

“웬 간호 대학교? 간호사는 아무나 돼? 문창과 간다고 원서 쓸 때는 별말 않고 놔두더니.”

“네가 가고 싶다고 빡빡 우기는 걸 어째.”

그러고는 빽 소리를 질러버리는 스타일. 그게 바로 우리 엄마다.

때로 엄마는 나와 아웅다웅 싸우다가도 지나치게 철학적인 척하지만 우문한 질문과 우문한 척하지만 철학적인 대답으로 어쩐지 맥 빠지게 웃게 하는 지점이 있다. 이를테면 이런 식이다.

“엄마는 나에 대해서 도대체 아는 게 뭐야?”

“…….”

“아무것도 모르잖아.”

“가시나야. 그럼 모르지. 네 속을 어찌 다 아냐. 내가 점쟁이니? 너도 너 같은 딸 낳아봐야 내 속을 쪼금이라도 알지.”

“안 낳을 거야.”

“왜 안 낳아? 돈은 있다가도 없지만, 자식이란 무릇 때가 있어.”

"엄마……, 애 없이도 잘사는 사람들 많아."

"늙어봐라. 찾아오는 자식 하나 없는 삶이 얼마나 외로운데."

"사람 속에 있어도 외로워."

"사람 속에 있는데…… 왜 외롭니?"

사람 속에 있어도 외로움을 느끼는 사람과 사람 속에 있으면 외롭지 않다고 생각하는 사람의 차이. 그렇게 끝내 서로를 몰라주는 야속함에 '으르렁, 으르렁, 으르렁대!'다가도,

"미안하다, 몰라줘서."

"불효녀는 또 이렇게 웁니다."

못 이기는 척 손쉽게 마음 푸는 사이. 싸워도 이틀을 가지 않는 사이. 싸우면 꼭 영상통화를 하고 화해하는 사이. 영상통화를 하면서도 뜬금없이 핸드폰 요금을 걱정하면, 같은 통신사라 영상통화 요금이 저렴하다는 대답으로 불시에 찾아온 핸드폰 요금에 대한 염려를 누그러뜨리는 사이. 그러다 또 뜬금없이 뭐 먹고 싶은 것이 없느냐 묻고, 뭐 해달라고 대답하는 사이.

* * *

꽤 오랫동안 엄마를 오해했다. 엄마가 나를 몰라주는 것 같아 서운했다. 세상 사람들이 내 마음 다 몰라줘도 엄마만큼은 나를 알아주었으면 좋겠다고 생각했다. 마음이 아픈 건, 아무리 설명해도 엄마는 내가 좋아하는 것이 무엇인지를 잘 모른다는 사실이었다.

회사를 그만두고 글을 쓸 것이라고 진지하게 말할 때조차 엄마는 딸의 간절함이 얼마큼인지 헤아리지 못했다. 쓸데없이 글 병이 도져서 저런 거라고, 남들처럼 서푼이라도 벌어서 제 앞가림이나 하고 살면 얼마나 좋겠냐고, 나이가 들수록 돈이 힘인 걸 모르겠냐고 입 아프게 옳은 말만 해 기어이 나를 주눅 들게 만드는 사람이었다. 기죽은 얼굴로 아귀찜 속 미더덕처럼 쭈글쭈글한 표정을 짓고 있으면, 행여 쓰고 싶은 마음이 생각보다 너무 깊고 단단해 쉬 헤어 나오지 못할까, 당신은 쭈글쭈글을 넘어 더욱 쪼글쪼글하게 미간을 구겨버렸다.

몸 쓰는 육체노동을, 찌들고 찌든 땀 냄새를 풍기며 수십 년 동안 특수 작물 농사일을 해온 엄마는, 정신이

고달픈 일을 하려는 딸을 머리로는 이해해도 가슴으로는 이해하지 못했다. 더 정확하게는 골치 아픈 것도 모자라 돈마저도 안 되는 이 일을 마음에 들지 않아 했다. 그래서 엄마에겐 글 쓰는 딸은 '무엇을 하고 있어도, 도무지 그 이뤄내고 싶다고 목청껏 높여 말하는 그 무언가가 쉽게 드러나지 않는 세상 어려운 일'을 하는 사람이었다.

"월급은 통장 잔고라도 불게 하지, 글 써서 남는 건 대관절 뭔데?"

아주 가끔은 그런 생각이 들었다. 내가 이렇게까지 글을 쓰는 건, 과연 내가 행복해지고 싶어서일까? 아니면 아무리 해도 넘기 힘들 만큼 진입 장벽이 높은 엄마에게 인정받고 싶은 것이 하나라도 있었으면 해서일까? 엄마의 질문 앞에만 서면 이따금 헷갈렸다.

어느 봄에는 이런 일이 있었다. 엄마가 대뜸 전화를 걸어 이렇게 물었다.

"이웃집에서 마늘 속대를 꺾어 가라는데, 너 마늘종

좋아하잖아. 볶아서 보내줄까 말까?"

보내주고 싶으면 보내주고 보내주기 싫으면 보내주지 말 것이지, 꼭 저렇게 묻는 엄마의 마음을 너무나 잘 알 것 같아서 부러 딴청을 피웠다.

"내가 마늘종볶음 좋아하는지는 어떻게 알았대?"

"너는 간장에 담그는 것보다 고추장에 볶는 걸 더 좋아하잖아. 해놓으면 다른 반찬은 손도 안 대고 그것만 귀신같이 먹어대는데 모르긴 왜 몰라."

"어, 그랬던가?"

그 말을 듣고 '훙훙훙' 콧노래가 나올 정도로 괜스레 기분이 좋아졌는데, 그 마음을 부러 표현하지 않았다. 무릇 감정을 전부 드러내는 건, 프로답지 못한 법이므로.

"아휴. 날도 자꾸 더워지는데 이걸 해서 보냈다가 상하면 어쩌지?"

수화기에 대고 혼잣말하던 엄마는 서둘러 전화를 끊었다. 전화를 끊는다는 것은, 반찬 만들려면 너랑 한가하게 수다 떨 시간이 없으니, 택배 부칠 때쯤이나 대화를 재개하자는 의미였다.

어쩌면 이 대목에서 누군가는 고개를 갸웃할지도 모

르겠다. 엄마가 저렇게 딸에 대해 몰라서야, 하고. 많은 부모가 자부한다. '너는 나의 분신, 너는 나의 모든 것.' 확신에 찬 어조로 분연히 말하는 부모 중, 자신만큼 자식을 잘 아는 사람은 없을 거라고 말이다.

아직 부모가 되지 않은, 그러니까 미혼을 이제 막 벗어나 신혼살림을 차린 자식 입장을 대변하자면, 많은 부모가 자식이 무엇을 좋아하는지, 어떤 생각을 하는지 잘 모른다. 모른다는 것이 꼭 나쁜 것만은 아니다. 시간이 걸리더라도, 천천히 알아가면 되니까. 설령, 시간을 견뎌도 영원히 미궁으로 남아버리는 감정도 있을 테고. 정말로 큰 문제는 모르는 것을 안다고 확신할 때 발생한다. 그렇다면 정말 나쁜 것은, 상대를 잘 알면서도 상처 주는 일이 아닐까?

자식으로서 어느 정도 나이를 먹었으면, 부모에게 받아먹는 일을 그만두는 것이 효도라고 말하는 사람들이 있다. 나는 다르다. 엄마가 우리에게 무언가를 해주고 싶어 할 때면 더 많이 보내달라고 뻔뻔스레 요구한다. 그것이 효도라고 생각해서는 아니고, 그것이 엄마를 좀 더 행복하게 하는 일임을 '알아서'. 그러니 엄마는 왜 아무것도 모르냐고 질문한 것은 말만 번지르르한 자식이 쉽게 저지르는 실수, 부덕의 소치에서 발생한 일인지도 모르겠다. 엄마는 그저 알고 있다고 표현하는 것에 서툴렀을 뿐.

며칠 뒤 엄마의 아이스박스가 도착했다. 박스 안에는 혹시라도 마늘종볶음이 상할까 봐 그랬는지 꽝꽝 얼린 생수가 들어 있었다. 잘 받았다고 전화했을 때, 엄마는 한 가지 당부를 더 남겼다.

"박스 안에 얼린 물 있지? 그 물도 마실 수 있는 물이다. 생각 없이 버리지 말고 알뜰히 살뜰히 챙겨 먹어라. 알겠지?"

"알았어."

순간 가슴이 뜨끔했다. 정말 '알아서' 대답한 걸까 싶어서. 그저 엄마의 희생을 당연하게 착취하고 살아온 자식이 습관적으로 내뱉은 말이 아닌가 싶어서.

"그나저나 맛이 어떻디?"

"맛도 보기 전이야."

"뭐가 그렇게 바빠서……. 얼른 챙겨 먹어라."

"고마워."

문득 그랬다. 딸내미가 좋아하는 반찬이 무엇인지 알고 있는 엄마의 마음을 헤아리고 싶다고. 찬찬히 늙어가는 엄마를 배 아파 낳은 내 딸인 듯 보살피고 싶어지는 마음이라고 하면 이해가 될까? 물론 자식을 생각하는 부모의 마음과 부모를 생각하는 자식의 마음은, 그 비교조차 무색한 영역의 일인지는 모르겠지만.

"어마이밖에 없지?"

당신 스스로를 '엄마'가 아닌 '어마이'라고 부르는 사람. 가만 보니 '어마이'라고 스스로를 칭할 때는 어쩐지 내게 낯간지러운 말을 하고 싶을 때였던 것도 같다.

"당근이지."

"당근? 내가 당근을 넣었니?"

"그게 아니고, 당연하다고. 당연하다는 말을 요새 사람들은 당근이라고 해."

엄마는 언제나 나를 잘 모른다고 생각했다. 내가 얼마나 감성적인지, 다른 모든 욕망 중에서도 특히 인정 욕구에 얼마나 메마른 아이였는지에 대해서. 하지만 밥상에서 나의 왼손 젓가락이 유독 어떤 반찬을 향해 나아가는지에 대해서는 그 누구보다 더 잘 아는 엄마가, 때때로 나에 대해서는 정말 모르겠다고 말하는 것도 용기가 필요한 일이 아닐까?

모르긴 몰라도 솔직해지는 '용기'만큼은 엄마에게 배웠다. 그래서 유독 마늘종볶음을 먹을 때는 이에 힘을 주고 좀 더 '쫑쫑'거리며 씹게 된다. 엄마가 해준 마늘종볶음의 식감은 뭐랄까, 꼭 그렇게 씩씩하게 씹고 삼켜야만 내 속에서 피가 되고 살이 되는 것 같아서다.

이제 엄마는 힘들다고 마늘종볶음은 해주지 않고, 마늘 속대를 뭉텅이째 꺾어 택배로 보낸다. 그것만 해도 어딘가 싶다. 늦봄과 초여름 사이, 시장에 차고 넘치는 게 마늘 속대건만 나는 일단 모르는 척 염치없이 받아먹는다. 그게 혹시라도 엄마를 천천히 늙게 만드는 일이 됐으면 싶어서.

"이제는 네가 해 먹어봐. 엄마가 하라는 대로 해. 첫째, 마늘 속대를 씻은 후 빠꼼양재기에 물기 빠지게 놓고. 둘째, 고추장 있지? 고추장에 진간장 선낫, 올리고당

선낫, 참기름 선낫……"

경상도 말로 '조금'을 뜻하는 '선낫'. 음식 고유의 맛을 결정짓는다고 해도 과언이 아닌 '선낫'의 묘미를 헤아리고자 레시피를 읊어주는 엄마의 목소리를 잠자코 듣는다. 사실, 이제 엄마가 굳이 말해주지 않아도 인터넷에 차고 넘치는 게 각종 반찬 레시피지만, 부러 아무것도 모르는 척 얌전히 내숭을 떤다. 한편으로는 엄마를 행복하게 만드는 일은 어쩌면 이렇게 '선낫'이라도 들어주는 일이라는 걸 '잘 알아서', 그저 아무것도 모르는 얼굴로 자꾸만 실수를 연발하고야 마는 (실제로 실수도 많이 하지만) 어리석고 어리석은 셋째 딸이 되어, 엄마에게 자꾸만 자꾸만 마늘종볶음을 만드는 방법에 대해 묻곤 하는 것이다.

우리 안의 슬픔을
둘둘 말아 삼켜버렸지

신김치김밥

"어디 보자. 안 되겠다. 오후 버스로 올라가라."

아빠는 큰언니의 차편을 헤아리다 단호한 표정을 지었다.

"아빠, 나 내일 가도 되는데?"

"월요일이잖아……. 수업은?"

"있어, 근데 오후 수업이라서 괜찮아."

아빠의 입가가 자제력을 잃고 굳어갔다.

"누가 괜찮다고 했나?"

부엌에서 여유롭게 김치김밥을 말던 큰언니는 아빠를 설득할 심산으로 우리에게 긍정 사인을 보냈지만, 끝내 봄볕에 거무스레하게 그을린 미간 앞에 무너졌다.

"오늘 가나 내일 가나 큰 차이가 있나? 데려다줄 수 있을 때 가. 요새 한창 일철이라서 바빠. 뭐 해, 얼른 짐 안 챙기고."

그날따라 아빠는 큰언니를 다그쳤다. 나는 큰언니가 날랜 손으로 김밥 싸는 걸 지켜보다가 뭣에라도 홀린 듯 김밥 꽁지를 입에 넣었다. 밥알에 들러붙은 물크러진 신김치가 씹히는 김밥을 어물어물 삼키는 그 순간에도 큰언니가 훌쩍 올라가버릴 거라고는 생각지 못했다. 그날 점심에 우리는 뒷산으로 소풍을 가기로 했고, 큰언니는 무슨 일이 있어도 약속을 지키는 사람이었다. 큰언니는 김밥이 완성되자마자 가방을 꾸렸다.

"아무래도 오늘 올라가야겠어."

"왜? 뒷산은? 내일 오후 수업이어서 괜찮다며?"

"아빠 두 번 말 안 하는 거 알지?"

대체로 아빠는 우리 네 남매에게 관대한 편이었다. 그러나 본인의 뜻에 반하는 행동을 할 때면 무섭게 언성을 높였다. 우리는 괜한 분쟁이 싫어서, 아빠의 비위를 맞추는 편을 택했다. 아빠의 요구는 대개 적정 수준이었지만, 그 시절의 아빠는 누군가 건드리기만 해도 금세 활화산처럼 불타올랐고, 그 불씨는 고스란히 우리에게 튀었다.

당시만 해도 문경에서 충주로 넘어가는 이화령터널이 뚫리기 전이라, 굽이굽이 새재 고개를 넘어야 했다. 조금이라도 지체했다가는 일요일 서울 올라가는 길이 고단해질 수밖에 없었다.

"싫어. 약속했잖아."

"아빠…… 성질 불같은 거 몰라?"

수긍한다는 듯 성급히 고개를 끄덕였지만, 그날따라 큰언니를 보내고 싶지 않았다. 사실 하루 더 머문다고 해서 크게 달라질 것은 없었다. 내일이면 큰언니는 서울로 가야 했고, 이곳에서 큰언니의 방은 사라진 지 오래고, 몇 되지 않는 짐도 줄어들 대로 줄어들어, 때때로 이 집은 큰언니의 집이면서 동시에 알맹이가 쏙 빠져나간 껍데기일 뿐이었으므로.

* * *

내가 중학생이 되던 해 대학생이 된 큰언니는 한 달에 한 번 집에 내려왔다. 학년이 올라갈수록 집에 다녀가는 횟수도 점점 줄어들었다. 주로 취업 준비로 바빴고, 사이사이 동아리 활동을 하느라 분주했다. 때때로 집에는 말하지 않았지만, 멋진 서울 오빠들과 썸을 타거나 진지한 연애를 하는 것도 같았다.

다행히 그 주 월요일에 오전 수업이 휴강되어, 언니는 모처럼 우리와 시간을 보내고 가겠다고 약속했다. 신김치를 맨손으로 쭉쭉 찢어 김밥용 김이 아닌 맨 김에 싼 김치김밥이 전부였지만, 소풍 가는 마음으로 뒷산 나들이를 준비했다. 큰언니가 김밥을 말고 있을 때 하릴없는 우리는 큰 창고와 작은 창고를 번갈아 돌며 돗자리로 쓸 포대 자루를 공수했다. 준비 과정이 순조로웠던 만큼, 뒷산 나들이를 어떻게든 완성하고 싶었다.

그날 큰언니는 제대로 씻지도 못한 채 올라갔다. 짜게 식은 신김치김밥 몇 줄을 식탁 위에 덜렁 올려놓은 채. 큰언니를 배웅하지 않은 건, 서운했다가 돌연 화가 난 탓이었다. 화풀이하고 싶은 대상이 큰언니인지 아빠인지, 아니면 그저 이렇게 된 상황인지 분간이 가지 않았다. 늦은 밤이 되어 서울에 잘 도착했다고 전화가 왔지만, 부러 받지 않았다.

며칠 후 학교로 편지 한 통이 날아왔다. 교무실로 간 편지가 실장 편에 전해졌다가 내게로 온 것은 방과 후 청소 시간 무렵이었다. 샛노란 편지 봉투에는 내 이름 석 자가 반듯하게 적혀 있었다. 그 시절, 큰언니는 학교로 자주 편지를 보내왔다. 대부분은 서울 생활에 관한 이야기였고, 우리들의 학교생활 또한 궁금해했다. 아주 가끔은 학업 뒷바라지로 고생하시는 부모님을 잘 보살펴달라는 당부의 말을 남겼지만, 보통은 어린 내가 한 번에 파악하기 어려운 장황한 사유로 가득한 이야기를 전해 줄 때가 많았다. 고등학생이 되었을 즈음에야 장황한 이야기 끝에 큰언니가 비로소 하고 싶은 건 이런 말이 아니었을까를 미루어 짐작했다.

'이상하리만치 서울은 고독해.'

편지에는 그날의 이야기가 적혀 있었다. 큰언니는 편지를 쓸 때면 뜻 모를 수사로 가득한 인사말을 몇 줄에 걸쳐 나열하곤 했는데, 그날따라 그 문장은 더욱 모호하게만 느껴졌다. 별 기대 없이 다섯 줄쯤 읽었을 때, 아직도 그 일로 화가 난 거냐고 묻는 큰언니의 목소리를 만날 수 있었다. 나는 '아니'라고 고개를 저었다. 화는 이미 누그러진 지 오래였다.

네가 이불 속에 들어가 한참 안 나오고 인사도 안 받아주길래 올라가는 내내 마음이 무거웠어. 생각해보니까 우리가 이렇게 철없이 놀 날이 얼마나 남았을까 싶더라. 김치김밥 싸서 뒷산 올라갈 날이 말이야.

그때는 큰언니가 무슨 말을 하고 싶어서 이런 이야기를 하는 건지 이해하지 못했다. 서운하고 섭섭한 마음을 삭이고자 이불 속에 몸을 숨긴 채 차오르는 눈물을 손등으로 훔치던 나는 고작 열네 살이었다. 큰언니가 떠난 후에 심심하고 무료한 날들이 끝없는 구릉처럼 펼쳐져 있을까 봐 잔뜩 겁을 먹고 있었다.

실은 그날 오전 수업 휴강이 아니었어. 수업 째고 싶어서 거짓

말을 했는데, 아빠가 대뜸 물으니까 잡아떼기가 어렵더라고. 학비가 얼마나 비싼지, 그 학비를 마련하려고 부모님이 얼마나 고생하고 있는지 짐작이 가니까 더는 지체할 수 없겠더라.

그 대목에서 눈물이 슬며시 났어야 하건만 이상하게 부러운 마음이 들었다. 대학생이 되면 듣고 싶지 않은 수업을 듣지 않을 자유가 생기나 싶어서. 그 무렵, 나도 도덕 수업이 그렇게 듣기 싫었다. 큰언니가 중학생일 때부터 도덕을 담당한 이 모 선생님 때문이었다. 1학년 1학기 중간고사가 끝난 어느 날 선생님이 나를 단상으로 불러 세워놓고 호되게 혼낸 적이 있다. "이름이 류예지. 류……류……. 너 혹시 윤경이 동생이냐? 맞아? 너네 언니는 학교 다닐 때 전교 1등을 도맡아 했는데, 동생이란 놈이 도덕 점수가 60점이 뭐니?" 하며 선생님은 55점을 맞은 반 친구보다 내 손등을 더욱 세게 내려쳤다.

아무튼 나는 때로 자신이 원하던 대학에 갈 수 있을 만큼 공부를 잘한 큰언니가 부러웠고, 한편으로는 안쓰러웠다. 당시 우리 집은 큰언니의 자취방을 따로 얻어줄 만큼 형편이 넉넉지 않았고, 그날도 자신의 방이 사라진 집에서 서울 삼촌 집으로, 삼촌 집에서도 가장 작은 방으로 돌아가야 했기 때문이다.

그 뒤부터 우리 네 남매는 거짓말처럼 뒷산에 올라가지 않게 되었다. 뒷산 꿀밤나무를 지지대 삼아 술래잡기 놀이를 하거나, 넓적한 돌을 주워 와 마당 한구석에서 비석 치기를 하면서 놀던 나와 남동생은 어느새 그 모든 놀이에 시들해졌다. 특수 작물 농사를 짓게 되면서 조금씩 큰 액수의 돈을 만지기 시작한 아빠가 당시 시골 동네에서 흔히 볼 수 없는 비싼 데스크톱을 놓아준 일도 한몫했다.

남동생은 방해받고 싶지 않다는 듯 자주 방문을 걸어 잠갔다. 나 역시 전화선을 끌어와, 다른 지역에 사는 얼굴도 모르는 낯선 친구들과 인터넷 채팅을 하며 친분을 쌓았다. 누구에게도 말하지 못한 사춘기 소녀의 비밀을 털어놓을 곳이 생길 무렵, 작은언니가 지역 대학에 들어가면서 학교와 멀지 않은 곳에 자취방을 얻었다. 작은

언니의 짐까지 빠지자 본가는 좀 더 넓어졌다. 가장 크게 변한 건, 우리의 발길이 끊긴 뒷산의 풍경이었다. 그곳은 웃자란 수풀이 점점 더 우거지기 시작했다.

삼촌 집의 작은 방에서 꼬박 네 해를 지낸 큰언니는 내가 고2가 되던 해 취업했고, 빛이 잘 들지 않는 '이층 뒤편 방'으로 불리던 다세대 주택의 전셋집을 구해 난생 처음 독립했다. 그 방으로 작은언니가 취업 준비를 하며 들어갔다. 이후 대학생이 된 나까지 합류하며 한동안 세 자매가 지지고 볶고 살았다. 큰언니가 일본으로 유학을 떠난 것은 대학교 3학년 때였다. 일본에서 돌아온 큰언니는 다시 중국으로 어학연수를 떠났고, 어학연수까지 마친 후 그곳에서 일할 때 만난 미국인 형부와 결혼하며 두 아이의 엄마가 되었다.

그렇게 시간이 쏜살같이 흘러갔다.

일 년에 두어 번씩 한국에 들어와 본가와 서울 집을 오가며 시간을 보내던 큰언니가, 코로나 초기에 두 조카와 함께 열 달쯤 한국에 발이 묶인 적이 있다. 본가에 머물며 아이들과 함께 코로나가 잠잠해지기만을 기다렸다. 그러다 형부가 일 때문에 중국으로 먼저 들어가면서

두 아이의 육아를 전담하게 된 큰언니의 호출을 받아 나까지 본가에 내려간 어느 날이었다.

큰언니가 조카들을 데리고 저녁 산책을 나간 틈을 타 오랜만에 김밥을 말았다. 읍내 마트에서 산 햄, 맛살, 단무지, 우엉으로. 그때까지만 해도 김밥을 제대로 말아 본 적이 없어, 내가 싼 김밥은 말면 말수록 옆구리가 터졌다.

[어쩌지, 김밥 옆구리가 자꾸 터지네.]

아이들을 데리고 천변을 돌고 있는 큰언니에게 메시지를 보냈다.

[대충 해. 옆구리 좀 터지면 어때.]

[그러게. 먹을 수 있게만 만들면 됐지.]

해거름의 저녁, 밭일을 끝내고 돌아온 부모님까지 삼대가 어우렁더우렁 모여 옆구리가 터진 김밥을 나누어 먹었다. 우리가 태어나고 자란 집을 여태 지키고 있는 부모님, 대처에서 미국인 남자를 만나 결혼한 큰딸, 이층 뒤편 방이 재개발로 사라진 후 상가 건물 전셋집을 얻어 살다 동네 신축 빌라를 다시 얻어 살게 된 막내딸, 큰딸의 사랑스러운 두 아이까지. 어린 조카들은 좀처럼 수그러들지 않는 코로나의 기세에도 제 엄마와 이모가 밟고 자란 땅에서 꿀밤처럼 단단하게 여물어갔다.

"야무지게도 쌌다."

이제는 다그치지 않는 법을 알게 된 늙은 아빠와

"싱겁다. 밥 양념을 잘했어야지."

막내딸이 만든 김밥에 어김없이 훈수를 두는 늙은 엄마와

"내 입에는 김치김밥이 제일 맛있네!"

언젠가 식탁 위에 올려놓고 간 짜게 식은 신김치김밥을 우물우물 씹으며 큰언니를 배웅하지 못한 걸 여태 후회하고 있는 여동생의 구슬픈 사연 따윈 새까맣게 잊은 척, 그날 저녁 우리는 흩어진 슬픔의 조각을 모조리 김밥 안에 둥글게 말아 배 속 깊이 꿀꺽 삼켜버렸다.

어때, 이만하면 괜찮았지?

앞다릿살 제육볶음

캐리어 하나와 백팩이 전부였다. 옷 짐보다 책 짐이 많았던 것은 서울에서 주어진 몇 가지 업무를 처리해야 했기 때문이었다. 그해 봄, 엄마는 이십 년 전에 부러졌던 허리가 다시 한 번 부러지는 사고를 겪고 서울 모처의 병원에 입원했다. 홀로 농사일을 떠맡게 된 아빠를 지근거리에서 도와줄 사람이 필요해지면서 네 형제 중 시간을 내기 그나마 용이한 내가 본가로 호출되었다.

당시 남자친구였던 남편이 고향 집까지 데려다주었

다. 그날 우리는 아빠를 모시고 읍내로 나가 지역 맛집으로 소문난 음식점에서 늦은 점심을 먹었다. 남자친구가 떠난 것은 점심 식사가 끝나고 식당 건너편 단골 카페로 건너가 커피를 마신 뒤였다.

그해 가을, 삼 년을 만난 남자친구와 결혼을 앞두고 있었다. 아빠는 친하게 지내는 카페 주인에게 장차 사위될 사람이라고 남자친구를 소개했다. 그러나 아빠와 남자친구는 결정적인 순간에는 무슨 말을 해야 할지 전혀 감을 잡지 못하는 얼굴로 멀뚱히 상대의 눈치만 살폈다.

남자친구가 떠난 후, 아빠는 당신의 오래된 크림색 코란도를 끌고 수박밭으로 나갔다. 저녁 준비를 앞두고 새삼스레 걱정이 앞섰다. 내려오는 길 읍내 마트에서 장을 봤기에, 사 온 식자재 안에서 저녁을 준비하면 될 일이었다. 그러나 누군가의 도움 없이 오로지 아빠를 위해 첫 끼니를 준비해야 할 생각에 긴장이 되었다. 이제 막 식당을 개업했는데 동네에서 가장 까다로운 입맛을 자랑하는 손님을 첫 고객으로 맞은 기분이었다고나 할까.

냉장고 정리부터 시작했다. 엄마가 병원 수술과 입원·퇴원으로 일주일 넘게 집을 비운 터라 냉장고 안은 엉망진창이었다. 속사정 알 길 없는 십여 개의 반찬 뚜껑을 일일이 여닫으며 상황을 파악해나갔다. 금방 먹어 치워야 했을 콩나물과 시금치 무침은 진작 상한 듯했다. 곧장 내려올 수 없으리라는 사실을 직감했는지, 엄마는 서울에 오기 전 찜통 가득 곰국을 끓여 냉동실에 쟁여놓았다. 아빠는 며칠 동안 냉동실 속 곰탕을 하나씩 해동해 성글게 끼니를 해결하신 듯했다.

눈에 띄게 살이 빠진 아빠를 보니 울컥 화가 치밀었다. 대관절 이리도 지독하게 살아야 하는 이유가 뭔가 싶어 속이 상했다. 엄마의 빈자리는 곳곳에서 티가 났다. 제대로 밀지 않아 희끗희끗해진 턱수염, 달리는 체력만큼이나 예민해지는 아빠의 말투가 그랬다. 돌아서면 삼시 세끼를 챙겨야 하는 시골 농번기의 하루는 어떤가. 두 달여 만에 만난 아빠는, 전화기 너머 대쪽 같은 음성은 간데없이 수척해져 있었다. 아빠도 아빠였지만 더 불쌍한 사람이 와병 중이라는 걸, 꼼짝없이 누워 지내는 엄마를 떠올리며 마음을 다잡았다.

"텃밭에 물 좀 줘. 상추도 좀 뜯어 먹고. 너희 아빠한테 물 좀 주라고 했더니, 관리할 게 천지인데 그것까지 벌여놔서 고생을 시키느냐고 역정을 다 내더라."

"알았어. 틈틈이 주면서 잘 돌볼게."

"지긋지긋하다, 사는 게."

부러진 건 엄마의 허리였는데, 수술 후 꼬박 누워만 지내던 엄마는 다른 것이 꺾인 사람처럼 행동했다. 이를테면 꼿꼿하게 세워둔 마음의 부러진 축대 위에서 엄마는 지난 삶을 되돌아보는 것만 같았다. 엄마는 매 순간 결연한 표정으로 말했다. '나는 앞만 보고 달렸어'라고. 하긴 글을 쓰는 일은 앞보다는 뒤를 보고 사는 일이라, 그런 나와는 달리 도무지 뒤를 돌아보지 않는 엄마를 이해하기가 어려웠다. 그런데 이제라도 자신이 걸어온 길에 가득히 새겨진 발자국을 톺아보기라도 할 듯, 지나온 세계를 새삼 돌아보는 엄마의 아득한 눈빛에 덜컥 겁이 났다.

"휴가 왔다고 생각해, 엄마."

"아파 죽겠는데 휴가는 무슨 휴가."

"아프지 않았으면 이렇게 일철에 쉴 수나 있어? 장작불이라도 땐 것처럼 뜨거운 하우스 안에 꼼짝없이 붙들려 있었겠지. 지긋지긋하다고 신세 한탄이나 하면서."

"그건 그렇네."

수화기 너머 엄마의 말수가 급격히 줄어들었다. 그러다가도 엄마는 화제를 전환하는 데는 선수였다. 도무지 답이 없을 것 같은 막막한 순간이 찾아오면, 갑작스레 뒷다리를 들어 올린 메뚜기처럼 행간의 어딘가로 훌쩍 날아올랐다.

"아빠는?"

"아빠? 잘 지내지. 뭐, 여러모로 힘들긴 하지만……내가 있잖아."

"다행이다, 네가 있어서."

텃밭으로 달려갔다. 오와 열을 맞춘 상추 옆으로 열무 순이 듬성듬성 올라와 있었다. 엄마의 당부대로 땅이 푹 젖을 만큼 물을 주자, 금세라도 생기가 돌듯 축 늘어졌던 상추 이파리에 힘이 섰다. 원뿌리는 그대로 남긴 채 적상추와 청상추의 이파리를 한 장씩 뜯어냈다. 남은 날 동안 내내 상추를 뜯어 먹기 위한 나름의 요령이었다.

읍내 정육점에서 산 앞다릿살로 제육볶음을 할 생각이었다. 아빠는 고기로 쌈을 싸서 드시는 걸 별로 좋아하지 않았다. 하여, 반찬처럼 집어 먹을 양념 고기를 생각하다가 불쑥 떠오른 메뉴였다. 그저 아빠가 오랜만에 고기를 드시고 좀 더 힘을 내길 바라서였을 것이다.

첫 요리니만큼 시간을 넉넉하게 확보하고 싶어 곧장 재료 준비를 시작했다. 다행히 엄마의 부엌에는 앞다릿살 제육볶음을 해 먹는 데 꼭 필요한 식자재가 넉넉히 구비되어 있었다. 양파와 대파, 직접 담근 고추장, 집간장과 맛간장에 이어 손수 농사지은 참기름과 들기름까지. 문제는 더없이 미천한 실력이었으나, 달리 방법이 없었다. 아빠의 삼시 세끼를 책임지기 위해 내려온 사람은 다른 누구도 아닌 나였으므로, 부족하면 부족한 대로 딸의 요리에 아빠의 입맛을 적응시켜야 했다.

앞다릿살 제육볶음에 어울릴 냉동실 속 재료들을 살폈다. 일단 국거리로 쓰려고 말려둔 표고버섯을 꺼내 물에 불렸다. 대파와 양파는 큼직하게 숨덩숨덩, 치트키인 김장 김치는 양념기를 충분히 짠 상태에서 슬겅슬겅 썰어 표고버섯과 함께 뒤척이듯 섞어두었다. 중요한 건 고기 양념이었다. 평소의 엄마는 눈대중으로 계량하지만 나는 달랐다. 밥숟가락을 기준 삼아 고추장, 맛간장, 올리고당, 맛술의 양을 조정했다. 이를테면 고추장 3, 맛간장 1, 올리고당 1.5, 맛술 1.5 하는 식으로. 물론 손등을 가늠자 삼아 머릿속으로 생각한 양념 맛에 부합하는지 끊임없이 확인하는 과정이 필요했는데, 여기서부터는 말 그대로 '감'의 영역이었다.

재료 준비가 끝나고 나니 요리에 속도가 붙었다. 스테인리스 양푼에 각종 야채와 돼지고기 앞다릿살, 그리고 매콤달짝한 양념장을 한데 섞어 조물조물 무친 후 용기에 차곡차곡 담아 냉장실에 두 시간가량 숙성했다. 그날 저녁은 유독 늦었다. 아빠가 밭에서 늦게 돌아오신 탓이었다. 아빠가 귀가할 시간에 맞추어 재여둔 양념 고기를 초벌로 볶아놓은 덕분에 준비 시간이 단축되었다.

"어디서 맛있는 냄새가 나나 했더니, 고기 볶았구나?"

"응, 맛은 보장할 수 없지만 맛있게 드셔야 돼, 알았지?"

"오냐."

갓 볶은 앞다릿살 제육볶음을 적상추를 넉넉하게 깔아둔 접시에 차분히 담아냈다. 갓 지은 잡곡밥, 냉장고 속 몇 가지 마른반찬을 꺼내자, 가짓수는 적어도 꽤 그럴싸한 저녁상이 마련되었다. 아빠가 첫술을 뜰 때까지 긴장은 쉬 사그라지지 않았다. 부족한 경험 탓이었다.

그날 아빠는 내가 처음으로 만든 앞다릿살 제육볶음을 남김없이 비웠다. 빈 그릇을 설거지하며 모처럼 '충분했다'는 생각이 들 정도였다. 그저 소박하게 마주 앉아 밥을 먹는 일, 말 그대로 부족하면 부족한 대로 넘치면 넘치는 대로 한 끼의 식사를 함께 나누는 사람들. 식구란 그런 것이 아닐까.

"엄마가 해준 것보다 훨씬 맛있다."

스무 살에 집을 떠난 후, 혹은 그 이전에도 나는 아빠와 단둘이 시간을 보내본 적이 없다. 가족 간에 그럴 수도 있는가? 그럴 수도 있다. 그러니 이 시간은 단지 익숙하지 않을 뿐, 여태 나는 이 경험을 가족들과 더불어 부족하지 않게 누려왔다는 생각이 들었다. 그러니까 지금은 어쩌면 그동안 당연하게 누려왔던 것들을 조금씩 나누는 시간이 될 터였다. 그렇게 마음을 먹자, 아빠를 위해 삼시 세끼를 제대로 차려내야 한다는 지나친 부담감을 서서히 내려놓을 수 있게 되었다.

도시의 일상으로 복귀하기 전까지 앞다릿살 제육볶음은 종종 밥상에 올라왔다. 아빠는 그때마다 "요간나가 해주는 제육볶음이 세상에서 젤로 맛있다"며 매 순간 제육볶음을 처음 맛보는 사람처럼 엄지를 치켜세웠다. '요간나'는 나를 부를 때 아빠가 쓰는 애칭이다. 웃을 때 옅게 주름지는 가늘고 기다란 눈, 동그랗게 솟아오르는 당신의 광대를 빼닮아, 동네에서 '작은 필희'(아빠의 함자)로 불린 나를 아빠는 그리 불렀다.

그러는 동안 꼼짝도 못 하고 꼬박 누워만 지내던 엄마가 씩씩하게 자리를 털고 일어났다. 담당 의사를 만나 '부러진 뼈가 다행히 잘 붙고 있다'는 소리를 들은 엄마는 금세 서울 생활을 정리했다. 근 한 달 만이었다.

엄마가 내려온 이후에도 부엌은 한동안 내 차지였다. 엄마가 '옆에 있다'는 사실만으로도 집에는 다시없을 생기가, 메마른 얼굴로 일에만 매진하던 아빠의 얼굴에도 어느덧 생생한 활력이 감돌았다.

그해 5월 초에 집에 내려온 나는 6월 중순이 되어서야 서울로 다시 올라왔다. 짧다면 짧고 길다면 긴 한 달 남짓한 시간이었다. 남자친구가 데리러 온다는 소식을 전했을 때, 아빠는 짐짓 서운한 목소리를 냈다.

"더 있다 가지. 서울 가서 할 일이 뭐 크게 있다고."

그런 아빠를 말리는 건 단호한 눈빛의 엄마였다. 부서진 허리뼈를 단단히 세운 탓인지 목소리에 전에 없던 힘이 실려 있었다.

"이제 슬슬 결혼 준비도 해야지. 가서 할 일이 산더미인데."

아빠는 짐을 꾸리는 내 옆에서 자꾸만 불퉁거렸다. 그즈음 엄마도 천변을 돌며 운동을 할 수 있을 정도로 컨디션이 회복되었다. 헤어지기 전, 아빠의 귀에 대고 나직하게 속삭였다.

"아빠, 어땠어? 나랑 있는 동안 불편하지 않았어?"

"불편하긴. 좋았지."

"속이 다 후련하겠지 뭐."

"후련하긴 뭘 후련해……. 서운하다."

젊은 시절 아빠는 늘 자신의 감정에 솔직하지 못했다. 그래서 울적한 마음에 술 한잔 걸치고 휘청휘청 달 아래를 걸어와 쪼르륵 잠이 든 우리의 여린 볼에 수염이 올라온 가칠한 턱을 비비던 아빠는, 여린 존재를 굽어 헤아리기보다는 벌컥 화부터 내버린 뒤 깊이 후회하던 '젊은' 혈기의 아빠는 이제 어디에도 없다. 그저 그렇게 무정한 세월이 흐르는 동안, 짜증은 짜증으로 미안함은 미안함으로 고마움은 고마움으로, 당신의 속마음을 숨김없이 남김없이 표현하는 '늙은' 아빠만이 남았을 뿐.

돌이켜보니 서운한 감정은 까마득하게 희석되고 다행이라는 마음만 불쑥 올라온다. 이제는 아빠라는 존재를, 덜 오해하고 더 이해할 수 있게 되어서, 그것만으로도 어쩐지 안심이 되어서, 나는 그 안심을 껴안고 기나긴 이화령터널을 지나 도시의 삶으로 가뿐히 돌아올 수 있었다.

PART 2

싸우자,
이놈의 세상아!

내 안에 잠자는 평범한 여름을 불러내고 싶어서

오이매깡물국수

수박의 검은 힘줄이 더욱 도드라지며 몸집을 키우는 여름 한낮, 지금보다 훨씬 젊었던 부모님은 꼬박꼬박 챙겨 먹는 삼시 세끼만으로는 대책 없이 찾아오는 오후의 허기를 견뎌내지 못했다. 당신들이 정성스레 키우는 과실은 풍요롭게 살이 오르지만, 정작 그 과실의 주인인 두 사람은 뜨거운 햇볕에 바삭바삭 마르는 야속한 계절이 여름이었다. 오후 세 시 반에서 네 시 무렵, 점심 식사 후 잠깐의 휴식을 취한 아빠는 밭일을 보러 나갔다가 오토바이를 타고 금세 귀가했다. 부릉부릉. 낡은 시티 100 오토바이 엔진 소리가 꺼지기 무섭게 흙투성이가 된 작업 바지, 진흙이 말라붙은 고무장화를 툴툴 터는 아빠의 입은 성급하게 찾아온 허기를 달랠 요긴한 새참을 찾느라 여념이 없었다.

"윤경아. 선낫 먹을 거 있을까?"

"왔어요?"

아침부터 온종일 밭과 집을 오가며 종종거리느라 진이 빠져도 한참 진이 빠진 엄마는 (아빠가 집을 비운 틈을 타) 설핏 꿀맛 같은 단잠에 들었다가 새참을 찾는 아빠의 목소리에 기진맥진 눈을 떴다. 비몽사몽간에 몸을 일으킨 엄마는 자동인형처럼 기립한 후 노란 양은 냄비에 물을 올렸다.

육수를 우려내는 데는 바닥 한쪽이 새카맣게 그을린 양은 냄비만 한 게 없었다. 눈을 반쯤 뜬 채, 밀려오는 하품을 쫓아내면서도 엄마의 손은 날랬다. 대가리와 똥을 미리 따놓은 굵은 멸치 몇 마리, 넓적한 다시마를 꺼내 육수를 우려내기 시작했다. 양은 냄비 속 육수가 푹푹 끓어오르며 밭은 김을 뱉어내면, 엄마는 소면 삶을 냄비를 올려 요리에 속도를 붙였다. 소면을 삶는 동안 엄마는 냉장고에 넣어둔 오이를 서둘러 꺼냈다. 텃밭에서 따온 오이의 크기는 제각각이었다. 그중에서 속을 박박 긁어낸 큼직한 늙은 오이는 아삭한 식감을 자랑하는 고명으로 순식간에 탈바꿈했다.

엄마는 식은 육수에 국간장을 두어 숟가락 풀어내어 감칠맛을 살렸다. 얼음 몇 개를 둥둥 띄운 후 참기름 몇 방울을 떨어뜨려 육수의 풍미를 더했다. 작업복을 입은 채 들마루에 앉아 훠이훠이 파리를 쫓던 아빠는 허기에 배가 곯을 대로 곯은 상태였지만, 열기가 채 빠져나가지 않는 좁다란 부엌에서 땀을 훔치며 종종거리는 엄마를 섣불리 채근하지 않았다.

아직 수업이 끝나지 않은 언니들을 제외하고 마침 하교를 한 나와 남동생, 작은방에 모로 누워 선풍기 바람을 쐬며 선잠에 든 할머니를 위해 엄마는 5인분의 소면을 조금 부족한 듯 삶아냈다. 모름지기 새참이란, 점심과 저녁 사이의 허기를 '달랠' 용도였기에, 저녁밥이 들어갈 여지쯤은 남겨야 하는 법이었다.

"새참 할 게 마땅찮아서……. 오이매깡물국수 어때

요?"

"좋지."

젊은 아빠는 여전히 무뚝뚝한 편이었지만, 젊은 엄마의 오이매깡물국수 소리에는 반색하는 눈치였다. 그도 그럴 것이 멸치로 우린 냉수에 고작 채 썬 오이 몇 개가 성글게 들어갔을 뿐인데도, 오이매깡물국수는 뭐랄까, 심심한 듯 감칠맛 나고, 부족한 듯 적절한 양으로 허기를 달래줄 여름 새참으로 손색없었다. 끼니 사이의 간식이라 치부하기엔 적절한 포만감을 주는, 밀도 짙은 더위에 꼴깍 떨어진 입맛을 돋우는 애피타이저랄까?

* * *

시골에는 연원이 뚜렷하지 않은, 하나같이 촌스러운 이름을 가진 음식이 많았다. 나는 지금도 이 국수의 이름을 왜 오이매깡물국수라고 부르는지에 대해서는 알지 못한다. 사실 알려고 노력한 적도 없다. 어릴 때부터 먹었던 이 국수를 우리 집에서는 '오이매깡물국수'라고 불렀고, 어쩐지 인터넷에 차고 넘치는 '오이냉국수'로 손쉽게 분류하기에는, 이것이 지닌 원초적인 매력이 사라지는 것 같아서다. 뭐보다 냉동실의 얼음을 양껏 때려 넣어 '인공'적인 차가움을 담아내려 굳이 노력하지 않아도, 재료 본연의 찬기가 '자연'스레 국수 면발에 가닥가닥 배어 있기 때문이리라.

엄마는 찬물에 휘휘 씻어낸 후 한결 탱탱해진 소면을, 압도적인 양의 한 덩어리와 작은 네 덩어리로 차분히 나누어 담았다. 아빠의 몫으로는 한 끼 밥이라 해도 손색없을 수북한 한 그릇의 오이매깡물국수가 할당되었다. 진간장에 쪽파, 양파, 홍고추, 풋고추를 어슷하게 썰어 만든 만능 양념장을 휘휘 뿌린 국수 한 그릇을 받아든 아빠는 들마루에 앉아 후루룩후루룩 소리를 내며 면을 빨아들이기 시작했다. 배가 딱히 고프지는 않았지만, 아빠의 후루룩후루룩 면발 치는 소리에 입맛이 당긴 나와 남동생은 국수 반 그릇을 사이좋게 받아 들었다. 어린 시절부터 찝찔한 맛에 어지간히 중독된 우리들은 만능 양념장 한 스푼, 들기름으로 구운 김을 고명처럼 얹어 휘휘 젓가락을 굴렸다.

어려서는 오이매깡물국수의 진가를 몰랐다. 그저 잘

삶긴 면발과 함께 호로록 소리를 내며 딸려 오는 아삭한 오이의 싱그러운 식감이 마냥 좋았을 뿐. 그런데 자라서는 달라졌다. 안팎으로 열이 오를 대로 오른 순간, 시원한 맥주를 아무리 마셔도 몸속 깊은 곳까지 쌓인 묵은 갈증이 해소되지 않은 날이면 오이매깡물국수가 그렇게나 먹고 싶었다. 이를테면 대세에 큰 영향이 없는 수정사항을 끊임없이 요청하는 거래처 담당자와 줄다리기하듯 팽팽하게 이어지던 연락을 겨우 내일로 미루고 퇴근하는 길에는 더욱 그랬다. 밥맛도 잃고 살맛마저 까마득히 잊은 날에는 가슴속 응어리진 화기를 누그러뜨릴 미더운 '찬 맛'이 간절했다.

그런 저녁이면 대뜸 전화를 걸어 "오이매깡물국수 어떻게 만들더라?" 하며 고된 노동을 마치고 곤히 쉬고 있는 엄마를 채근했다. 어린 시절 당신 곁에서 소면을 삶고 육수를 내리는 광경을 수백 번 지켜보았음에도, 마치 그 시절의 기억을 깡그리 잊어버린 듯한 목소리로 엄마를 괴롭혔다. 엄마의 반응은 한결같았다. 매번 반복되는 질문에도 귀찮아하는 기색 한 번 없이 오이매깡물국수 만드는 방법을 알려주었다. 엄마는 자신의 도움을 필요로

하는 자식의 목소리를 듣는 순간, 특히 그것이 먹는 것에 관한 질문일 때는 더욱 강렬한 에너지를 뿜어내곤 했다. 시들시들한 이파리에 생기가 돌듯, 그것은 기이한 생명력이었다.

신기한 일은 엄마가 일러준 대로 국수를 삶아도 소면 정도만 엇비슷하게 흉내 낼 수 있었다는 것이다. 오이매깡물국수의 육수만큼은 혀가 기억하는 맛 그대로를 완벽하게 재현하지 못했다. 얼추 비슷하거나 완벽히 다르거나, 둘 중 하나였다. 고백하건대 나의 오이매깡물국수는 매번 실패의 연속이었다. 얼음을 양껏 때려 넣어도 마찬가지였다. 그건 위가 깜짝 놀랄 정도의 쨍한 찬 맛일 뿐, 더운 속을 차분히 식혀주는 은근한 찬 맛이 결코 아니었다.

그런 날은 아예 국수 만들기를 포기하고 식재료로 너저분해진 개수대 앞에서 맥주 한 캔을 벌컥벌컥 마셨다. 오이매깡물국수 만들기에 실패한 원인이 무엇인지를 헤아리느라 귀한 저녁 시간을 허비했다. 안주로 산 오다리 한쪽을 혀로 굴리고 침으로 녹이며 흐물흐물해지기만을 기다리다 보면 이내 이런 결론에 닿았다.

'좀 더 그 시절의 맛을 완벽하게 구현하기 위해 갖춰야 할 조건 몇 가지가 필요했던 건 아닐까?'

이를테면 뜨겁고 무더운 여름날, 오후 세 시 반에서 네 시 사이에 이르러 찾아온 적당한 허기, 부족한 듯 아쉽게 삶아낸 소면의 양, 후루룩후루룩 면발 치는 소리와 같은. 배가 고프지도 않으면서 얼떨결에 받아 든 오이매깡물국수 면발을 허겁지겁 해치운 뒤 입가심을 위해 몇 점 남긴 오이를 와작와작 씹으며 육수를 거침없이 들이켰을 때, 목구멍을 타고 내려가던 미덥고 은근한 찬 기운의 정체는 대관절 무엇이었을까. 그것은 열어놓은 거실 창문, 헐거운 방충망 넘어 두 눈 쨍하도록 시퍼런 하늘을 날아다니던 고추잠자리를 바라보며 입이 찢어지도록 하품하던 여름 한낮을 떠올리게 하는 맛이었을까?

다시는 돌아오지 않는 시절 속 젊은 부모님, 이제는 돌아가신 지 수년이 지난 할머니, 바짝 깎은 머리통이 동글동글해서 윤이 나는 까만 콩 같던 어린 남동생, 진작 하교를 했음에도 집으로 돌아오지 않는 두 언니를 오매불망 기다리던 나. 감히 흉내 낼 수도, 그 비법 전부 헤아릴 수도 없어서, 오이매깡물국수를 먹을 때면 무심코 지나친 너무도 그리운 평범한 날들을 가만히 가만히 좇는 심정으로 그 여름의 한낮을 오롯이 불러내기 위해 스르륵 눈을 감게 되는 것이다.

싸우자, 이놈의 세상아!

쌈밥

열한 살, 여름방학을 코앞에 두고 교통사고를 당했다.

***

무겁게 보자면 한없이 무겁고, 가볍게 보자면 또 한없이 가벼운 편에 속할 교통사고였다. 유독 뜨거웠던 그해 여름, 나는 정말로 운이 좋았던가 보았다. 신호를 받고 차츰 속도를 줄이던 승용차의 운전석 측 문에 몸이 부딪힌 채 도로로 나뒹굴어버렸으니 말이다. 간헐적으로 기억나는 것은 인대가 늘어난 발목이나 다발의 타박상으로 망가진 다리에서 전해지던 찌릿한 통증이 아니었다. 응급실에 도착하기 전까지 창백해진 뺨을 두드리며, 자꾸만 흐려지는 의식을 단단히 여며주던 (이제는 불분명한 윤곽만이 기억나는) 사람들이었다. 낯모르는 시골 아이를 위해 기꺼이 호의를 베푼 고마운 분들.

삼 주 동안 꼼짝없이 병원 신세를 졌다. 곧장 응급실로 실려 간 나는 입원 수속에 필요한 절차를 밟기 위해 부모님이 올 때까지 대기해야 했다. 의사 선생님에게 이름과 나이, 집 주소와 전화번호를 알려줄 정도로 정신은 온전했다. 밭에서 곧장 달려온 듯 흙 묻은 일복 차림새로 다급히 나타난 엄마와 아빠의 얼굴을 보자 와락 눈물이 터졌다. 그와 동시에 모자 아래로 드러난, 햇볕에 시커멓게 탄 두 분의 얼굴을 보며 어쩐지 부끄러운 마음이 들었다. 엑스레이를 찍고 난 뒤 무릎부터 발목까지 이어진 타박상과 찰과상 외에 왼쪽 발목 인대가 늘어났다는 염좌 진단을 받았다. 두 배 가까이 부어오른 다리에 붕대를 감는 사이, 응급실에서 머문 반나절이라는 시간이 정신없이 지나갔다. 그리고 입원한 지 일주일이 지나고부터 나는 10인 병동의 (호기심 들끓는) 신입 관찰자가 되었다. 병실에 다양한 병력으로 입원하는 환자들과 동고동락하며 병원에서 풍문처럼 떠도는 수많은 소문을 주워섬기는 일에 푹 빠져 살았다.

보호자 없이 중학생 손주가 돌보던 여든 살의 할머니, 맹장 수술 후 방귀만 나오길 손꼽아 기다리던 열 살 미선이와 수다스럽던 그 애의 엄마. 참, 미선이 엄마는 태어나서 처음으로 요플레의 맛을 알려준 분이다. 들판에 풀어놓은 촌닭처럼 자란 내게 요플레의 시큼텁텁함은 처음으로 경험한 도시의 맛처럼 오묘했다.

"아줌마……, 이거 상한 거 아니에요?"

플라스틱 숟가락으로 한 입 떠먹는 순간, 미간이 절로 구겨지는 신맛에 뭔가 속은 기분이 들어서였다. '팟' 하고 웃음을 터트린 건, 어린 미선이가 아닌 젊디젊은 그 애 엄마였다.

"너 사실 요플레 처음 먹어보지? 요플레는 원래 이런 맛이야."

쥐구멍이라도 있으면 금세라도 들어가고 싶었다. 왜

읍내 슈퍼에서는 요플레를 팔지 않을까. 하긴 엄마는 식구 수에도 맞지 않는 비싼 요플레 세트를 사준 적이 없었다. 먹어본 적이 없으니 경험할 수 없는 맛이었다.

한편, 입원한 지 반년 가까이 됐다고 말하던 맞은편 침대의 아주머니는 우리가 나누는 별 시답잖은 대화에 수시로 귀를 기울였다. 병문안을 온 그녀의 가족들은 요구르트와 빠다코코낫 같은 목이 메는 과자를 챙겨주며 혀를 끌끌 찼다.

"너 무단 횡단하다가 그렇게 됐지? 하긴 깡시골 어디에 횡단보도가 있어서."

시골이면 그냥 시골이지 거기에 '깡'을 붙일 게 뭐람. 그들이 온통 악의에 가득 찬 말로 들리던 소도시의 문화를 하나씩 주워섬길 때마다, 사람들은 왜 이렇게 남 일에 관심이 많을까 싶었다.

환자와 그의 보호자들은 사람들이 어떤 사고와 병명으로 이곳에 오게 됐는지를 궁금해했다. 집요하게 질문을 던지다가 새로운 사연을 실은 환자가 '드르륵' 소리를 내며 들것에 실려 오면 관심의 레이더는 수시로 그 방향을 바꿨다.

무엇보다 기억에 남는 건 한낮의 병실에 울려 퍼지던, 그해의 메가 히트곡인 〈난 알아요〉였다. 도대체 이 오빠들은 뭘 안다는 말인가? 나는 진짜 아무것도 모르겠는데, 퇴원하려면 얼마나 기다려야 하는지도 모르겠는데. 나는 다소 불만 가득한 얼굴로 뜨거운 여름날의 병원 창밖을 자주 바라보았다.

차량 운전자는 인근 중학교에 근무하던 국어 선생님이었다. 마지막으로 문병을 왔던 날, 그는 '봉봉'이라는 이름의 포도과즙 음료수와 여러 권의 동화책을 선물로 안겨주었다. 많이 미안해하셨고, 인사를 나누고 헤어지는 순간에도 침대에 비스듬히 기대 있던 나의 머리를 한참 쓰다듬었다. 아지랑이처럼 퍼지던 따스한 손길. 돌이켜보니 아마 내 또래의 자식을 키우는 분이 아니었을까 미루어 짐작된다.

국어 선생님이 떠난 후, 10인실 병동의 관찰을 멈추었다. 선물 받은 책을 읽기 위해서였다. 뜨거운 여름날의 병동에서 할 수 있는 일은 딱히 없었다. 안 움직여도 덥고, 움직이면 더 더운 날씨에 다리부터 발목까지 다쳐버린 터라 휠체어나 목발 없이는 이동마저도 쉽지 않았다. 할 수 있는 일이란 고작해야 책을 읽다가 엎어져 잠드는 게 전부였다. 선물 받은 책이 너덜너덜해지도록 읽고 또 읽었다. 책 제목은 《벌렁코 할아버지》《하얀 물새의 꿈》이었다.

이 중에서 《벌렁코 할아버지》를 특히 재미있게 읽었다. 《벌렁코 할아버지》는 우리에겐 《몽실 언니》로 잘 알려진 권정생 작가 외 열 명의 동화작가가 쓴 창작 동화집으로, 일제 강점기 시절과 6·25를 거치며 핍박받아온 우리네 이야기를 다루고 있었다. 수록작 대부분의 내용을 잊어버렸지만, 단 하나의 이야기만큼은 또렷이 기억한다. 그 이야기가 인생의 어느 순간에, 특히 '부끄러움'이라는 감정에 직면할 때마다 나도 모르게 문득문득 떠올랐기 때문이다.

이야기의 큰 줄기는 대략 이렇다. 일제 강점기, 어느 한적한 시골 마을을 정찰하러 온 일본 군인이 우리나라의 쌈 싸 먹는 문화를 조롱한다. 그들 눈에는 똥같이 생긴 된장에 쌈을 싸 먹는 한국인의 모습이 퍽 미개해 보였나 보다. 쌈을 입안 가득 욱여넣고 씹는 모습을 '게걸스럽다'로, 놋 재질의 밥그릇에 들러붙은 밥알을 긁는 소리를 '미개하다'고 묘사한 장면에서 그만 얼어붙었다. 당시에는 '게걸스럽다'나 '미개하다'는 단어의 뜻을 정확하게 몰랐다. 그저 수록된 삽화에서 주린 배를 채우는 시골 촌 동네 사람들을 바라보는 일본 군인의 일그러진 낯빛을 보고, 모르긴 몰라도 그게 쌈을 싸 먹는 문화를 얕잡아보는 단어가 아닐까 짐작했을 따름이다.

글을 읽고 마음이 복잡해졌다. 당시만 해도 일곱 식구가 오붓이 살던 본가에선 끼니에 한 번씩은 쌈을 싸 먹었기 때문이다. 설거지를 줄인다고 커다란 양은 냄비 하나에 각종 나물을 욱여넣은 후 밥을 비벼 먹는 광경은 또 어떤가. 엄마는 너무도 촌스러운 방식으로 네 남매의 배를 불렸다. 그런데 그 시절, 너무나 흔했던 밥상 풍경 중 하나였던, 또한 너무도 사랑했던 이 쌈을 싸 먹는 문화가 미개하고 더러운 것이었나? 내가 받은 문화적 충격은 어찌 보면 당연했다.

⁎

살면서 그때 읽었던 책의 어떤 부분이 내 몸속 어딘가에 깊이 제대로 박혔다는 사실을 자각할 때가 있다. 마치 안데르센이 쓴 동화 《눈의 여왕》 이야기 속 주인공 카이가 그러했듯, 수백 개로 조각난 거울이 내 몸속 어딘가에 흔적도 없는 상처를 낸 것처럼. 그럴 때면 몸을 가득 채우고 있던 영혼이 스르륵 빠져나와 껍질만 남은 채 제삼자의 시선으로 나를 조용히 응시하곤 했다. 아마 그때가 처음으로 '부끄러움'이 무엇인지 제대로 알게 된 시기였을 것이다.

한 달 만에 깁스를 풀고 집으로 돌아왔을 때는 여름방학이 거의 끝나갈 무렵이었다. 그날의 밥상에는 찬물로 싹싹 씻어낸 상추, 겉절이로 주로 해 먹지만 보드라운 식감 덕분에 쌈밥 재료로 자주 올라오던 얼갈이배추가 양재기 한가득 올라와 있었다. 얼마간은 쌈에는 손도 대지 않았다. 책 속에서 본 일그러진 낯빛의 일본 군인이 생각나서. 그러나 내 안에 흐르는 피가 어디 갈까? 부모님에게 물려받은 반곱슬머리, 까무잡잡한 피부조차 '부끄럽게만' 느껴졌던 사춘기를 지나자 곧장 까다롭던 입맛이 누그러졌다. 이후 내 앞에 놓인 세상과의 싸움은 그런 것이었다. 무엇이 부끄러워해야 할 감정이고, 무엇이 그리 느끼지 않아도 될 감정인지를 제대로 분별하고 행동하는 것.

입사 첫날부터 야근이 시작됐던, 유독 많은 일복을 매일 실감케 해준 기획사를 다닐 때였다. 거래처 중 한 곳이었던 NGO의 격월간지 신입 홍보팀장은 걸핏하면 전화를 걸어와 사사건건 기사와 관련해 꼬투리를 잡았다. 내부에서 컨펌이 난 원고를 송고했음에도 "이런 식으로 대충대충 글을 쓸 거냐"며 일갈할 때는 자존심이 바닥으로 메다 꽂히는 기분이었다.

유독 허기진 퇴근길, 남아 있던 한 줌의 힘을 바락바락 쥐어짜 집 근처 시장에 들렀다. 시장에서는 되도록 현금으로 결제하고 싶어, 번거롭더라도 집 앞 ATM기를 거쳐 지갑을 채워 가곤 했다. 그냥 집으로 가서 발이나 닦고 맥주나 한잔 홀짝거리다 잠드는 게 상책인가 싶었지만, 천근만근인 두 발이 시장 출입구의 채소가게로 성큼성큼 걸어간 것은 단순히 '배가 고파서'였다.

신선한 채소들이 그득그득 쌓여 있는 풍경이 주는 위로, 늦게까지 문을 연 주인아주머니와 별 뜻 없이 나누는 스몰토크가 유독 따뜻하게 느껴지던 날이었다. 그날 나는 쌈을 사는 데만 만 원을 넘게 썼다. 상추를 비롯해 적겨자와 쑥갓, 케일을 넉넉히 담아달라고 했다. 굵은 오이와 아삭이 고추까지 욕심내자, 주인아주머니는 서비스라며 예쁘게 생긴 청양고추도 다섯 개나 넣어주었다. 적적한 입속을 달랠 매콤한 적겨자와 쌉싸래한 쑥갓에, 씹으면 씹을수록 개운해지는 케일까지 얹어 한 끼 제대로 쌈밥을 해 먹을 요량이었다.

입맛이 달아날세라 흐르는 물에 각종 채소를 대충 훌훌 씻어 내렸다. 본가에서 보내준, 엄마가 직접 만든 집장과 고추장을 3 대 1 비율로 섞은 후 매실액 한 스푼으로 가볍게 간을 맞췄다. 완벽할 수 없지만 대충이라도 흉내 내듯 얼기설기 만든 쌈장을 콕 집어 한 입 맛보자, 문득 일곱 식구의 끼니를 차려내느라 늘 고단했을 엄마가 떠올랐다. 반찬 한 가지 차려내기 힘든 날에도 기죽지 않고 텃밭으로 달려가 당신이 직접 키운 상추를 따 오던, 수북한 상추 사이에 끼어 있던 잘 여문 오이처럼 단단했던 그 옆얼굴이.

그날은 이상하게 바싹 구운 삼겹살 한 점 올라가지 않았는데, 쌈만으로도 저녁 밥상이 풍요로워진 기분이었다. 케일의 물기를 탈탈 털어 갓 지은 뜨끈한 밥 한 숟가락을 담고, 그 위에 달짝지근한 쌈장을 올려 입안 가득 욱여넣었다. 바작바작 소리 내어 씹으며 한 입 꿀꺽 삼키자, 거짓말처럼 눈가에 맺힌 눈물이 쏙 들어갔다.

쌈 채소 가득 준비해 한 끼 제대로 쌈밥 해 먹던 날, 그날 내가 얻은 마음의 태도란 이런 거였다. 비에도 바람에도 결코 지지 않겠다는 '당당함'. 그때만큼은 왠지 부끄럽지만 부끄럽지 않았다. 우적우적, 게걸스러우면 어떤가. 그 속에는 부끄럽지만 부끄럽지 않은 나의 생이 있는데. 그 생이 내 이에서 신나게 으깨지며 부서지고 있는데…….

당신의 정성은 언제나 잘생김

구운 들기름 김

초등학교 6학년 때 아주 잠깐 급식 문화를 경험했다. 이동식 수레 위 커다란 스테인리스 찜통에 들어 있던 노란색 바몬드 카레, 바삭바삭한 튀김옷을 입은 돈가스, 건더기가 적은 일본식 된장국은 경험한 적 없는 도시의 맛처럼 생경했다. 중학교에 가면서 편리했던 급식 문화는 사라졌다. 그때부터 삼 년 내내 밥통만큼이나 반찬통이 큰 낡은 검은색 플라스틱 통에 점심 도시락을 싸 다녔는데, 모두 다 큰언니에게 물려받은 것이었다.

당시만 해도 좀처럼 살이 찌지 않는 나를 위해 엄마가 얼마나 많은 밥을 담았는지, 도시락 뚜껑을 열기 무섭게 흰쌀밥에 파묻힌 포크 숟가락이 기합하듯 튀어나오곤 했다. 그러다 고등학교에 진학하며 선택적 급식을 하게 되었다. 그때도 도시락 한 개는 기본으로 싸야 해서, 엄마는 매일 새벽 네 시 반에 일어나 서너 개의 도시락을 저글링하듯 싸는 것이 일이었다.

엄마는 우리 네 남매의 도시락을 줄기차게 싸던 한 시절을 떠올릴 때면, 그리움일랑 한 톨도 묻어 있지 않은 분연한 목소리로 입을 열었다.

"등교 시간 맞춰서 도시락 싸던 시절은 새카맣게 다 잊어버렸어. 일철이랑 겹칠 때는 이불 속에서 엉덩이 비비며 뭉그적거릴 시간도 없었으니까."

"말해 뭐 해. 울 엄마 고생은 하늘이 알고 땅이 알지."

은근히 박자를 맞춰주면, 기다렸다는 듯 튀어나오는 대답은 이거였다.

"진저리 나는 시간이었어."

엄마가 입 밖으로 '진저리'라는 단어를 처음으로 내뱉은 날이었다. 때때로 '진저리'라는 단어를 매섭게 내뱉는 엄마의 표정을 보곤 서운함을 느끼곤 했는데, 그것이 '모든 걸 잊고 싶을 만큼 힘든 시기'가 아니라 '모든 게 잊힐 만큼 바빴던 시기'임을 뜻한다는 사실을 알게 된 뒤론 엄마의 맵살스러운 표정 아래 숨겨진 진짜 마음을 이해할 수 있게 되었다.

포크 숟가락 긁힌 흔적이 훈장처럼 남아 있는 검은색 도시락통을 물려준 큰언니는 고등학교에 가서도 도시락 두 개를 기본으로 싸 다녔다. 몸집 작은 중학생인 작은언니도 한 개, 비교적 집과 가까운 초등학교에 다니던 나 역시 엄마를 조르고 졸라 도시락을 싸 다녔다.

큰언니가 대학교에 가면서 도시락 두 개는 다시 작은언니에게 바통 터치가 되었다. 이후 중학생이 된 남동생마저도 도시락을 싸 다녀야 했으니, 엄마의 도시락 싸기는 줄곧 서너 개를 넘나든 셈이다. 엄마의 표현대로 도시락을 매일 싸는, 정말이지 '진저리 나는' 시간이었을 것이다. 가족을 위해 삼시 세끼를 해 먹이는 것도 모자라,

네 아이의 도시락을 번갈아가듯 싸는 것이 어디 보통 일일까? 나라면 진작 두 손 두 발 다 들고 도망쳤을지도 모를 일이다.

특수 작물 농사를 지으며 일곱 식구 밥해 먹는 것만으로도 차고 넘치게 바빴을 엄마에게 기대할 수 있는 반찬이란 거기서 거기였다. 고등학교 때도 줄곧 붙어 다녔던 단짝 친구 S의 도시락은 달걀물 입힌 오양맛살, 먹기 좋게 자른 붉은색 진미채 볶음, 조미김을 가미한 포슬포슬한 달걀말이, 줄줄이 데친 비엔나소시지에 찍어 먹을 앙증맞은 케첩 한 덩어리가 나오는 식이었다.

그에 반해 내 도시락은 어땠나. 엄마의 반찬은 뭐든지 한 종류에 그쳤다. 엄연히 구획이 나뉜 반찬통이었건만, 칸의 개수에 상응하는 반찬을 싸 가는 일은 극히 드물었다. 바싹 볶은 건새우볶음, 간장에 조린 마늘종, 쪼글쪼글한 콩자반이 한 종류로 듬뿍 들어가 있었다. 달걀프라이는 언감생심이었다.

그 시절, 각자의 점심 도시락을 개봉한 후 서로가 싸온 반찬을 향해 전투적으로 젓가락을 들고 달려가는 일은 점심시간의 유일한 기쁨이자 친구들과의 우정을 도

모하는 행위였다. 그런데 매번 점심 도시락 반찬통을 개봉하는 순간만큼은 대파처럼 꼿꼿했던 마음이 데친 시금치처럼 시들시들 풀이 죽었다.

뚜껑을 열 때마다 차오르는 번민을 아는지 모르는지, 몇 달에 한 번 엄마는 친구들의 관심을 끄는 반찬을 싸주기도 했다.

"얘들아, 예지네 엄마가 일냈다!"

점심시간을 알리는 종이 울리고, 흩어졌던 도시락 친구들이 여느 때처럼 한데 모인 어느 날이었다. 각자의 도시락 가방을 연 후, 기어이 터져 나온 누군가의 한마디에 친구들의 시선이 (그날만큼은) 일제히 내게로 향했다. 거기엔 들기름으로 바싹하게 구워낸 김 한 봉지가 들어있었다.

그 시절 도시락 친구들이 곁다리로 싸 오던 반찬이 바로 일회용 김이었다. 김치나 콩나물무침류의 반찬이 옹색하게 느껴질 때면, 이럴 줄 알고 비장의 무기 하나를 준비했다는 듯 도시락 가방 바닥에 얌전히 놓인 일회용 조미김을 슬그머니 꺼내는 식이었다. 그런데 일회용 김이라는 것이 그랬다. 포장지를 뜯은 직후 공기와 맞닿는 순간부터 해를 쬔 눈사람처럼 힘없이 녹아버리는 통에, 점심 식사가 거의 끝나갈 무렵이면 제때 선택받지 못한 김을 잇새에 부치고 놀아도 될 정도로 눅눅해지기 일쑤였다.

그에 반해 들기름으로 구운 김은 남달랐다. 우선, 한 끼를 가뿐히 넘어 몇 끼를 먹어도 될 정도로 그 양이 어마어마해 아이들의 시선을 확 낚아챘다. 그뿐인가. 식사가 끝날 때까지 유지되는 바삭바삭한 식감은 아이들의 까다로운 입맛을 사로잡기에 충분했다. 친구들은 점심시간 내내 절대적으로 눅눅해지지 않는 꼬순내 가득한 들기름 김에 밥을 양껏 싸 먹으며 배를 불렸다.

"이 정도면 온 식구가 먹고도 남겠다. 우리 엄마는 귀찮다고 김 같은 건 절대로 안 구워주거든."

엄마는 바쁜 살림에 없는 시간을 쪼개 김을 구웠다. 김을 굽는 날이면 무언가 작정한 얼굴로 부엌 바닥을 말끔하게 닦아냈다. 농민신문을 널따랗게 펼쳐 무대를 세팅하고 나면, 그 위에 냉동실에 보관해둔 두꺼운 김 한 톳이 남자주인공처럼 뚜벅뚜벅 올라왔다. 아끼고 아껴둔, 그리하여 중요한 나물 반찬을 무칠 때만 슬쩍 맛볼 수 있는 들기름이 짠, 하고 여자주인공처럼 등장하는 건 그다음의 일이었다. 종지 속에 고인 들기름은 은근하고 매력적인 노란 (눈)빛을 띠었는데, 부엌은 그 조그만 양만으로도 삽시간에 고소한 내음으로 채워졌다.

나는 엄마의 허벅다리 근처에 바짝 붙어 앉았다. 불에 굽기 전, 들기름 슥슥 바른 김 한 장을 받아먹기 위해서였다. 기름 솔로 기름을 척척 두르는 엄마는 마치 검은 스케치 위를 무형의 오브제로 채워나가는 숙련된 화가처럼 보였다. 엄마는 들기름을 맨맨하게 바른 단면에 (손목 스냅을 최대한 절제해) 맛소금을 솔솔 뿌려가면서 차곡차곡 김을 쌓았다.

김 탑이 완성되면 엄마는 널따란 프라이팬을 예열했다. 가스 불에 바짝 건조된 프라이팬 바닥에 김을 한 장씩 눌러 붙인 후 앞뒤로 적절히 뒤집으며 구웠다. 그렇게 첫 번째로 구운 김은 언제나 내 차지였다. 바삭하게 구운 김을 석 장 정도까지 요구하는 날에는 기차 화통을 삶아 먹은 듯한 엄마의 잔소리를 들어야 했지만, 갓 구운 김의 찝찔한 맛을 뿌리치기란 여간해선 힘들었다.

"그렇게 먹어대다간 밤새 물 쓴다, 엉!"

'물 쓴다'라는 말은 경상도 말로 '조갈증이 날 때 물을 찾는다'는 뜻인데, 엄마의 예측은 웬만하면 빗나가는 법이 없었다. 밥도 먹지 않고 김을 몇 장씩 받아먹은 밤에는 목구멍에 밴 짠 기운을 뺄 속 시원한 찬물을 찾아 마시느라 잠을 설쳤다. 때로는 물을 너무 마신 통에 오줌을 찔끔 지린 적도 있지만, 이쯤에서 눈물 없이는 들을 수 없는 그 긴 뒷이야기는 생략하기로!

부엌 입구에 쪼르르 세워둔 도시락 가방의 반찬통이 유독 헐겁다면, 굳이 지퍼를 열어보지 않아도 그곳에 들기름 김이 들어 있다는 사실을 어렵지 않게 알아챌 수 있었다. 들기름 김을 본 친구들의 환호가 지금도 선명히 들려오는 듯하지만, 때때로 나는 양손 무겁게 학교 가는 날을 꿈꿨다. 흰 봉투에 담긴 새까만 들기름 김이 아니라 구획이 확고하게 나뉜 반찬통을 가득 채운 오색찬란한 반찬을 맛보고 싶었으므로. 봉투 가득 채운 들기름 김 한 봉지가 하찮게 느껴져서라기보다, 그땐 그저 눈과 입이 즐거워지는 예쁜 밑반찬을 먹고 싶은 나이이기도 했으니까.

그런데 말이다. 내가 들기름 김을 싸 온 날에 친구들이 다른 반찬에는 손도 대지 않고 꼬순내 나는 김 봉지에만 자꾸 손을 갖다 댔던 걸 보면, 시골 아이들의 살림이라는 게 빤했던 것 같다. 특출 난 반찬 한 가지 없을 때는 '맨손'으로 '맨 김'에 '맨밥'을 싸 먹는 것이 제일 맛있는 법이니까. 들기름 김의 고소한 짠맛이 더해진 순간, 자칫 싱겁게 그칠 뻔한 친구들의 점심시간은 짭짤하게 보전되었을 것이다.

이제 엄마는 더 이상 김을 굽지 않는다. 엄마의 요리사전에 '포기'라는 단어는 쉽게 올라오지 않는데, 두 번째를 넘어 세 번째 허리가 부러진 이후로는 바닥에 쪼그리고 앉아 오래도록 부루스타 불빛에 의지해 맨 김을 판판하게 굽는 일을 할 수 없게 되었다. 들기름 김은 이제 먹고 싶어도 먹을 수 없는 반찬의 대열에 올라서고 있다. 앞서거니 뒤서거니 하다, 결국 추억의 뒤안길로 사라져갈 음식을 생각하다 보면 "이젠 네가 좀 해 먹어봐" 하며 음식 한 가지 만드는 법을 어떻게 해서든 전수해주고 싶어 갖은 애를 쓰는 엄마가 떠오르기도 한다. 그렇게 어르고 달래는 사이, 예쁜 밑반찬 몇 개쯤은 거뜬히 만들어 낼 수 있는 정도가 됐건만, 들기름 김 굽기는 차마 엄두가 나지 않는 건 왜일까. 참 알다가도 모를 일이다.

엄마의 '할 수 없는' 목록이 하나씩 늘어날수록, 당신의 마음 저편에 무어라 설명할 수 없는, 이를테면 들기름의 은근한 노란 빛을 닮은 감정이 묵직하게 가라앉고 있음을 이해한다. 그것은 아마도 머지않은 날, 당신에게 혹은 그보다 먼 훗날 나에게도 필연적으로 다가올 일 중 하나일 테니까.

하여 아주 가끔은 자꾸만 들여다봐도 질리지 않는 '잘생김'을 장착한 배우의 얼굴을 들여다보듯, 엄마의 정성이 담긴 반찬을 더욱 세밀하게 아끼고 들여다보고 맛보기 위해 노력한다. 앞으로 엄마의 포기 목록에 얼마나 많은 반찬이 올라갈지 모르고, 모르긴 몰라도 들기름 김은 이미 그중 높은 순위를 차지한 것이 분명하므로.

알수록 좋아지는 사람,
먹을수록 빠져드는 맛

양념고추부각

큰 형부의 이름은 갤런이다. 갤런은 미국 오클라호마에서 태어났다. 가족들에게 '형부' '사위' '매형'이라는 호칭보다는 자신의 이름으로 불리기를 좋아하는 그는 아홉 해 전 우리와 한 식구가 되었다. 그러는 동안 나는 그림 그리기를 세상에서 가장 좋아하는 '소라'와 공룡 이름을 맞추는 퀴즈를 가장 좋아하는 '대니얼'이라는 사랑스러운 두 조카의 이모가 되었고.

오클라호마 출신의 갤런이 경상북도 예천에 있는 우

리 집을 찾아왔던 날이 어제 일처럼 생생하게 기억난다. 부모님은 첫 만남을 앞둔 당일까지도 외국인 사위를 마뜩잖아했는데, 특히 아빠는 대놓고 (엄마에게만) 이렇게 말씀하셨다(고 한다).

"뭐가 그렇게 아쉬워서 이역만리 미국 놈을 만나, 미국 놈을."

그러나 어느 집 귀한 아들을 갖다 댄들 자신의 귀한 딸을 맞이할 반쪽으로 성에 찼을까? 지금이야 "네 형부만 한 사람 없지. 갤런!" 하며 친근함을 표현하는 사이가 되었지만, 한국말을 거의 하지 못하는 외국인 사위와의 대화가 조금이라도 길어질라치면 (흠흠, 헛기침하며) 주식 관련 뉴스로 눈을 돌리는 아빠는, 첫 만남 당시만 해도 갈색 눈망울을 가진 187센티미터 장신의 갤런을, 가족 중에서 가장 낯설어하셨다.

그건 나머지 식구들도 마찬가지였다. 그러나 이십 대 중반부터 계속해서 해외 생활을 해왔던 큰언니가 자신의 반려자로 한국 사람을 데려올 확률은 제로에 가까웠다. 국제화 시대, 다문화가족이 보편화된 지 오래였지만 가족 중 누군가를 외국인으로 맞는 일은, 시골 농가에서 태어나고 자란 우리에게조차 놀라운 사건이었다.

갤런을 맞이하던 날, 가장 스트레스를 받은 건 아빠도 아닌 엄마였다. 사위 사랑은 장모라는데, 먼 타국에서 온 예비 사위를 위해 어떤 음식을 준비해야 할지 모르겠다고 난색을 표했다. 며칠 끙끙 앓던 엄마는, 이왕 이렇게 된 거 자신의 취향대로 상을 차리겠다고 선언했다. 엄마는 갤런이 중국에서 오래 일한 탓에 아시아 음식에 크게 거부감이 없다는 큰언니의 말을 듣고는 한국 가정식, 그것도 경상도식 밥상을 야무지게 준비했다. 그 흔한 갈비찜과 잡채 하나 올라오지 않은 그날의 밥상을 보고 난 후, 언니는 짐짓 서운한 티를 냈다.

"엄마가 갤런한테 처가 매운맛 좀 실컷 보여주고 싶었나 봐."

경상도식 밥상을 받아 들고 큰언니만큼이나 갤런의 갈색 눈도 덩달아 커졌다. 그날의 밥상 위에는 엄마표 육개장, 깻잎, 장아찌, 콩나물, 시금치, 멸치 반찬에 이어 양념고추부각이 떡하니 올라왔기 때문이다. 밥상을 받아 든 갤런의 커다란 갈색 눈은 이국의 낯선 향토 음식을 어떻게 소화해야 하는지를 헤아리느라 기로에 선 것처럼 흔들렸다.

그는 대학을 졸업하고 주한 미군이 되기 위해 고향인 미국을 떠나 한국에 왔고, 중국에서 일을 본격적으로 하게 되면서부터 선전과 상하이 등지를 오가며 살게 된 지 이십 년이 다 되어가고 있다. 한국의 고춧가루보다 중국의 어향 소스에 오히려 더 익숙할 사람에게 양념고추부각이 언감생심 웬 말이냐 싶겠지만, 엄마가 가족을 위해 가장 심혈을 기울여 만드는 반찬 중의 하나라는 사실을 아는 나로서는 그저 놀라울 뿐이었다. 그걸 본능적으로 감지했는지 갤런은 서툰 젓가락으로 양념고추부각부터 덥석 집어버렸다.

엄마는 가족 외의 사람에게 쉽사리 이 반찬을 내놓지 않았다. 그도 그럴 것이 양념고추부각을 만들기 위해

서는 생각 이상으로 품이 많이 들었기 때문이다. 일단 여름 햇볕에 잘 익은 고추를 따는 일부터가 그 시작이었다. 인터넷만 검색하면 고추부각(양념장으로 볶기 전, 풋고추를 밀가루나 찹쌀가루, 찹쌀풀 등에 묻혀 찐 후 말려서 식용유에 튀긴 것)을 파는 곳은 많았지만, 가족들 입에 들어갈 엄마의 반찬은 단 하나도 허투루 만들어진 적이 없었다. 그래서 품이 더 들고, 훨씬 더 고생스러운 시간이 양념고추부각의 영혼에 깃들어 있었다.

양념고추부각 하면 여름날의 뜨거운 비닐하우스부터 떠올랐다. 엄마는 뺨이 붉게 익어가는 줄도 모르고 포대에 양껏 풋고추를 땄을 것이다. 빨간 대야에 가득 채운 풋고추를 팍팍 쳐대며 씻어내느라 이마의 땀은 마를 겨를이 없었을 것이다. 그뿐인가. 꼭지를 제거한 후 씨를 발라내다 보면 하루해가 꼬박 저물었을 것이다. 뽀얀 밀가루를 뒤집어쓴 풋고추를 찜기에 알맞게 쪄낸 뒤, 볕 좋은 햇빛에 말렸다가 그늘에 들이는 과정을 몇 날 며칠 반복했을까. 널어놓은 풋고추를 고루 뒤집으며 자연 바람에 건조한 뒤, 한 끼에 딱 해 먹을 양만큼만 나누어 냉장고에 넣는 일까지가 양념고추부각의 재료 준비 과정에 속했다.

양념고추부각을 튀기는 과정 역시 수고로웠다. 고된 농사일로 허리뿐만 아니라 무릎 관절까지 좋지 않은 엄마는 가스레인지 앞에 붙들려 서서 오랜 시간 반찬 만드는 일을 유독 힘들어했다. 그러다 보니 부엌 바닥이 종종 불을 피우는 장소로 탈바꿈했다. 엄마는 농민신문을 겹겹이 펴놓고 앉아 부루스타로 고추부각을 튀겼다. 고추부각은 잘못 튀기면 탄 맛이 강해지는 탓에, 튀기는 시간과 온도가 맛의 성패를 좌우했다. (몇 해 전 겨울, 엄마는 고추부각을 만들다가 종아리에 기름이 튀는 바람에 2도 화상까지 입고 병원 치료를 꽤 오랫동안 받으셨다. 그런 일을 겪고도 무쇠 팔 무쇠 다리라도 가진 양 양념고추부각 만드는 일을 포기하지 않았다.)

"양념고추부각쯤 안 먹어도 괜찮아!"

아무리 말해도 엄마는 본인의 고집을 꺾지 않았다.

"재료가 풍족하니까 해주는 거야. 너희가 이런 정성이 들어간 오리지널을 어디서 먹겠니?"

해주고 싶어서 해주는 거라고 누차 말하면서도, 공들여 만든 음식에 대한 은근한 자부심을 어떤 방식으로든

생색내야만 직성이 풀리는 것이 엄마의 스타일인 걸 알지만, 엄마가 저렇게까지 양념고추부각 만들기에 정성을 들이는 건 어떤 이유에서일까? 해놓으면 다른 반찬은 손도 대지 않고 맵살스럽게 먹어대는 나 같은 불효막심한 자식 놈이 있어서가 아닐까?

불효도 이런 불효가 없다고 말하면서도 우리 집 식구들은 간장 양념보다는 고춧가루 양념을 더 좋아한다고 뻔뻔하게 외쳤다. 계량하지 않고 대충 눈대중으로 고춧가루, 집 간장, 설탕, 다진 마늘, 올리고당을 설렁설렁 섞어 만든 달짝지근한 양념장에 갓 볶아낸 양념고추부각은 별미 중의 별미요, 쉽사리 포기할 수 없는 엄마의 시그니처 반찬이었다. 그렇게 일 년에 특별한 몇 날만 맛볼 수 있는 귀한 반찬을 떡하니 내놓았으니, 이미 갤런은 첫째 사위로 합격점을 받은 것인지도 몰랐다.

* * *

그날 밥상 앞으로 불려 간 갤런은 큰언니의 설명을 찬찬히 들으며 하나씩 하나씩 장모님표 반찬을 맛보았다. 생소한 맛을 경험할 때면 이따금 고개를 갸웃거렸지만, 대체적으로는 만면에 웃음을 장착한 채 '맛있어요'라는 말을 AI 로봇처럼 반복했다. 예의를 다하고 싶은 마음 때문인지, 그것도 아니라면 정말 본인 입에 엄마의 반찬이 맞았기 때문인지 알 수는 없었다. 어쩌면 그날 오롯이 감내해야 했을 낯선 문화 통과의례 앞에서 그는 조금 외로웠을지도 모르겠다.

유독 신기했던 건, 한 번 맛본 이후로 갤런의 젓가락이 가장 많이 간 반찬이 양념고추부각이었다는 사실이다. 처음 맛볼 때는 맵다고 연신 손사래를 쳤지만 바삭바삭하고 알싸한 식감이 좋았는지 "very spicy but very delicious(엄청 매운데 엄청 맛있어요)"라며 젓가락을 거듭 들이댔다. 그 폼이 신기했는지, 엄마는 냉장고 반찬 통에서 양념고추부각을 아낌없이 꺼내 왔다. 그날 갤런은 그렇게 처가의 매운맛을 제대로 맛보며 우리 가족의 일원이 되었다.

언젠가 갤런에게 질문한 적이 있다. (물론 그는 여전히 한국말이 미숙하기에 큰언니의 통역을 빌려야만 했다.) 양념고추부각을 처음 먹었던 순간을 기억하느냐고 묻자, 갤런은 입가에 은근한 미소를 띤 채 고개를 끄덕였다.

"처음 먹어본 건, 장모님과 장인어른을 뵈러 한국에 갔을 때였지. 양념고추부각은 정말 맛있었어. 마치 도리토스칩 같아서 그걸 먹는 걸 매번 즐길 정도였으니까."

옆에서 잠자코 갤런의 말을 통역해 주던 언니는 그때가 또렷하게 기억난다는 듯 맞장구를 쳤다.

"한국 음식은 보통 'an acquired taste'래. 그러니까 처음엔 별로지만 갈수록 좋아지는 맛이랄까. 근데 말이야, 양념고추부각은 달랐대. 'mouth-watering taste'라나? 입안에서부터 군침 돌게 하는 맛, 그러니까 본능적으로 '당기는 맛'이었나 봐."

"그건 언니를 좋아하게 된 순간과도 같은 거겠네. 음, 운명의 맛?"

"야, 그런 닭살 돋는 소리 좀 하지 마."

뼛속까지 무뚝뚝한 경상도 K 장녀인 큰언니는 그것만큼은 절대로 갤런에게 통역할 수 없다는 듯 미간을 찡그렸다. 갤런은 이제는 익숙해질 대로 익숙해진, 때때로 골이 난 표정을 짓는 큰언니의 꾸깃꾸깃한 미간마저도 사랑스럽다는 듯 살포시 그 이마에 입을 맞추었다. 물론 수년간 이어진 그들의 자연스러운 스킨십 장면을 보고 지겹다는 듯 고개를 절레절레 흔든 건 나였지만.

큰언니네 가족은 (코로나 이전에는) 일 년에 두 번씩은 꼭 한국을 방문했다. 올 때마다 뭐 먹고 싶은 것이 없냐고 묻는 엄마에게 갤런은 "장모님 반찬은 전부 맛있어요!" 하고 대답하며 엄지를 치켜세운다. 짧지 않은 시간 동안, 장모님의 특제 수프는 '육개장', 시그니처 반찬은 '양념고추부각'이라는 사실을 알게 된 것이다.

이제 갤런은 집으로 돌아가는 캐리어 안에 한국 반찬을 쟁여 갈 때면 마음이 절로 푸근해진다는, 이제는 누가 봐도 반은 한국 사람, 아빠의 날것 표현 그대로 '미국 놈' 사위가 되었다. 엄마의 양념고추부각을 통해 처가의 매운맛을 제대로 맛보았기 때문일까. '장인어른'보다는 '장모님'이라는 호칭을 더 빨리 익힌 후, 틈만 나면 사랑하고 존경한다는 말로 엄마의 강철 같은 심장을 녹이곤 한다. 갤런은 언젠가 자신의 SNS에 다음과 같은 메시지를 적었다.

I admire my mother in law.

She is one of the kindest human beings I know.

Much Love, Changmonim.

(나는 나의 장모님을 존경합니다.

그녀는 내가 아는 가장 친절한 사람 중 한 명이죠.

많이 사랑합니다, 장모님.)

물론 갤런이 엄마를 좋아하게 된 배경에 어떤 감정의 방식이 작동하는지는 정확하게 알지 못한다. 그저 십 년 가까이 갤런을 지켜보며 내 나름의 언어로 그가 느꼈을 모종의 감정을 의역해볼 따름이다. 글 쓰는 인간들은 직역보다는 의역을 잘하고 싶어 하는 사람들이므로. 어쨌든 갤런이 처음 맛본 양념고추부각에 빠져들듯 큰언니를 사랑하게 된 것처럼, '처음엔 별로 좋아하지 않았지만, 엄마를 포함한 우리 가족들을 점점 좋아하게 된' 거라고.

나 역시 처음부터 갤런이 좋았던 건 아니었다. 그의

생김새는 낯설고 갈색 눈은 무구했으나 여전히 먼 존재였다. 때때로 그가 내 사랑하는 언니를 영원히 먼 곳으로 데려가버린 것 같아 밉기도 했다. 지금은 갤런 아닌 사람을 형부로 상상하기도 어렵긴 하지만. 그가 이 해석에 동의하는지는 모르겠으나, 이건 철저히 나의 관점으로 바라본 갤런이라는 사람에 대한 의견이다. 어쩐지 그라면 처제 '예지'의 생각을 이해하고 존중해줄 것이라고 믿고 있다.

염치없이 맛있는,
알아서 더욱 무서운

잡곡미숫가루

결혼한 지 얼마 되지 않았을 때 엄마는 다짜고짜 전화를 걸어와 아침에는 '뭘' 해 먹느냐고 물었다. "음, 갓 내린 뜨거운 아메리카노?" 하고 대답했다가는 불시에 불호령이 떨어질 것 같아 입을 꾹 다물었다.

"바나나 스무디?"

"스무디?"

"응, 우유에 바나나 간 거."

"박 서방은 그거 마시고 속이 차겠니? 안 그래도 빼

빼 말라 걱정이구만.”

일철이든 일철이 아니든 정량의 밥과 국이 있는 식사를 꼬박꼬박 챙기는 식문화 속에서 수십 년 동안 살아온 엄마로서는 멀건 죽처럼 생긴 한 잔의 스무디로 아침을 때운다는 사실이 여간해선 납득이 가지 않는 눈치였다. 순간 알아챘다. 엄마가 단단히 일을 벌이고 있구나. 그게 얼마나 귀를 쫑긋하게 할 제안인지는 모르겠으나 거절부터 할 생각이었다.

“미숫가루 좀 만들어서 보내줄까?”

다급해진 목소리. 어떻게든 엄마의 샘솟는 의지를 끊어내야 했다. 모르긴 몰라도 엄마가 벌이는 일엔 지극한 정성이 들어갈 것이 뻔했으므로.

“미숫가루? 우리 때문에 일부러 만들려고?”

“아니. 네 아빠 식전에 좀 타주는 김에 만들려고 하지, 뭐.”

‘식전’이라는 표현이 조금 애매하게 들릴 수도 있겠다. 시골 농번기의 하루는 해가 뜨기 직전 새벽 대여섯 시에 시작된다. 아침 식사가 대략 여덟 시와 아홉 시 사이에 이루어진다고 가정하면 식전 노동을 두 시간가량하게 되는 셈인데, 그렇다고 새벽 댓바람부터 무턱대고 국과 밥이 들어간 식사를 할 수도 없는 노릇이었다. 그러니 일철의 농가에는 그 몇 시간의 공복을 달래기 위한 간단한 요깃거리가 무엇이든 필요했다. 특히 아빠는 오래전부터 앓아온 당뇨로 공복 시간을 더욱 견디지 못했다. 그 탓에 엄마는 아빠의 공복을 채울 간식으로 미숫가루를 생각한 것 같았다.

결혼 후 엄마에게 줄기차게 들은 말이 하나 있다.

"정신 바짝 차리고 살아. 이제 한 가정을 이루었으니, 네 삶은 네가 알아서 꾸려나가야 해."

실은 결혼과 동시에 자연스레 그리 될 줄 알았다. (남들처럼) 김장 김치 정도만 얻어먹고 살아야지 마음먹었다. 그러나 생각처럼 되지 않았다. 금세라도 꽉 잡은 연줄을 훨훨 놓고 '나무꾼과 선녀' 이야기 속 선녀처럼 '돌봄의 부담'을 내려놓고 자유의 땅으로 날아갈 줄 알았던 엄마는, 결혼 후에도 움켜쥔 연줄을 단단히 붙잡고는 도통 놓아주질 않았다. 이미 날아가는 방법도 잊은 사람처럼 행동했다.

이제는 각각 흩어져 사는 자식들에게 일일이 전화를

돌리느라 더욱 바빠졌다. 채소가 제철이니 가져다 먹어라. 아니다, 기름값 비싸 오가기도 쉽지 않으니 이번 주말에 택배로 부쳐주마. 쌀은 얼마큼 먹었니? 함께 보내준 검은콩은 모자라지 않던? 들기름은 있니? 참기름 떨어질 때가 되지 않았니? 들기름 아끼지 말고 먹어라, 방앗간에 또 짜러 갈 거다.

육신은 경상도 어느 시골 마을의 들마루에 앉아 있으면서, 정신은 서울 언덕배기 딸네의 냉장고 속으로 불시에 링크되어 그 사정까지 속속들이 알려고 들었다. 그 탓에 당신의 하루하루가 얼마나 고될지 자식들은 빤히 아는 데도 정작 본인만 그 고생을 새까맣게 몰랐다.

"싫어."

'거절'은 나의 기본값이었다. 염치가 없어도 너무 없어서였다. 냉장고 속도 모자라, 막내 사위의 아침 공복 사정까지 헤아리려는 엄마의 마음이 너무 무겁게 다가왔다.

"왜 싫어?"

"괜찮아, 엄마. 우린 정말 괜찮아."

"못다 먹으니까 보내준다고 하지. 이미 다 만들어놨

어. 며칠 안에 부칠 거야.”

다 만들어놓고 안 만든 척 시치미를 떼며 물어보는 건 대관절 무슨 심보인가 싶다가도 바쁜 일철에 종종거렸을 엄마의 고단한 하루를 되돌아보다가 잠시 접어두었다. 박준 시인의 말마따나 ‘운다고 달라지는 건 없으므로’ 그저 웃을 수밖에.

“한창 바쁘다며? 밥이 코로 들어가는지 입으로 들어가는지 모를 정도로 바쁘다더니 언제 이걸 만들었어?”

“틈틈이.”

문득 엄마의 하루엔 ‘틈’이라는 게 있나 싶어 아연했다. 삼시 세끼도 모자라 수박 철이면 모종 가위로 수박순을 치고, 깨 철에는 도리깨로 깨를 두들기고, 사이사이 수염이 노랗게 올라온 여문 옥수수를 따고, 비쭉비쭉 올라온 마늘 속대를 꺾느라 한가할 틈 따윈 없었을 텐데, 언제 미숫가루 만들 ‘틈’을 내었을까.

“이번에 총 다섯 가지 재료가 들어갔어, 잘 들어봐.”

두고두고 생색을 낸다고 해도 어쩔 수 없이 들어줘야 할 그야말로 ‘엄마표 잡곡미숫가루 탄생기’였다. 쌀, 검은쌀, 보리쌀에 콩과 옥수수까지 더해졌으니 그 과정은 듣지 않아도 수고스러웠을 터였다. 엄마는 숨 쉴 틈 없이 자신을 굴리며 미숫가루 재료를 준비하던 몇 날 며칠의 과정을 남김없이 설명하느라 바빴다. 그렇게 말해야 고생한 자신의 직성이 '선낫'이나마 풀리기도 해서, 잠자코 엄마의 이야기를 듣고만 있었다.

"쌀은 깨끗이 씻어 반나절 정도 물에 담가 건져서 푹 쪘어. 다행히 요 며칠은 날이 좋았잖니? 사흘 정도 그늘에 바짝 건조시켰지. 아이고, 옥수수는 말도 마. 물에 푹 불려서 찐 다음 바싹 말려놨다가 가루를 내느라 얼마나 고생했는지 몰라. 내 손 안 거친 데가 없으니, 그만큼 깨끗할 수밖에."

자신이 엄선한 재료로 만든 음식, 그러니까 5종 잡곡 미숫가루에 대한 은근한 자부심이 담긴 목소리 너머, 틈 속에 틈을 뚫어 요 며칠 바삐 몸을 놀렸을 엄마를 떠올렸다. 언제나처럼 마음이 편치 않았다. 해야 할 말을 틈 없이 내뱉느라 간신히 숨을 고르던 엄마가 기어이 한마디 내뱉었을 때는 목 언저리가 꽉 막혀오는 것 같았다.

"그 정성이 한데 들어갔으니, 몸에 좋겠니 안 좋겠니?"

"좋겠지."

"이런 오리지널을 어디서 먹겠니?"

'오리지널' 타령할 때나 영어를 쓰는 엄마는, 어쩌다 이역만리에서 태어난 첫째 미국인 사위와 또 어쩌다 아침을 따로 챙겨 먹지 않는 삶 속에서 살아온 막내 사위를 얻게 되었을까. 자식 넷을 먹이고 입히는 것도 모자라 그 자식이 데려온 남의 새끼까지 두루 돌본다는 건 어떤 일일까. 어떤 운을 타고나면, 대식구의 먹을거리를 거둬들이는 삶을 살게 되는 걸까.

"거저 못 얻어먹지. 이런 걸 받아먹고 사는 나는 암만해도 천운을 타고났지."

"그래, 너휜 그런 운을 타고났지."

"그렇지."

"엄마가 해주는 거 알뜰살뜰 챙겨 먹고 그저 아프지 않고 살면 된다. 알겠나?"

엄마는 언제나 가족 건강을 일 순위로 치지만, 정작 본인의 건강은 크게 고려할 '틈'을 내지 않아 걱정이다.

"엄마……. 안 힘들었어?"

"힘들었지. 근데 말이야, 세상 살면서 힘들지 않은 일이 어디 있던? 그냥 내가 조금만 고생하면 우리 가족이 건강해지잖아. 아무것도 안 하고 천장만 바라보고 누워 있으면, 그것 참말 같잖은 일이야."

사랑하는 사람을 위해 아무것도 해줄 수 없는 상태, 엄마의 표현을 빌리자면 인간의 육체가 하찮은 지경에 이르러 더는 아무것도 할 수 없는 최악의 상황을 떠올리며 '같잖다'는 단어를 내뱉을 때, 엄마는 유독 혀를 맵게 쯧쯧거린다.

아주 가끔 그런 생각을 한다. 엄마를 그렇게 틈 없이 종종거리며 '같잖지' 않게 살도록 단련시킨 건, 희생으로 점철된 시대를 건너온 엄마에게 그러지 않아도 된다고, 좀 더 여유롭게 살아도 된다고 당당히 말하는 자식을 두지 못해서라고 말이다. 내가 엄마를 더는 불안하지 않게 만드는 딸이 되었다면, 엄마는 5종 잡곡미숫가루를 만드느라 바람을 헤아리고 하늘을 살피는 삶을 살지 않았을지도 모른다고 말이다.

아주 가끔은 엄마에게 그런 질문을 하고 싶을 때가 있다.

'엄마, 우리가 부족하게 살아서 자꾸만 채워주려는

거야?'

그런데 그 질문을 던져야 하는 순간이 오면 정작 말문이 꽉 막히는 쪽은 다름 아닌 나다. 이 질문조차 못난 것만 같아, '그래, 못난 자식이 되느니 차라리 염치없는 자식이 되는 게 훨씬 나은 일인지도 모른다'며 스스로에게 면죄부를 씌운 후, 해야 할 질문을 목구멍 속으로 꾹꾹 눌러 삼키는 것이다.

'엄마, 다들 그리 살아. 누가 더 나을 것도 없이 그저 그렇게.'

그렇게 하나 마나 한 같잖은 소리를 '속'으로 쏙 내뱉고는 이렇게 거저먹는 년으로 나를 단련시킨 건, 하나라도 더 해주고 싶어서 애쓰는 엄마가 아니라, 하나라도 더 얻어먹기 위해서 악쓰는 나일지도 모른다고, 엄마표 오리지널 5종 잡곡미숫가루를 받아 안으며 생각했다.

잡곡미숫가루는 과연 맛있었다. '맛있다'는 표현만으로는 어쩐지 부족할 정도였다. 구수했으며 깊었다. 눈을 감고 한 잔 마시자, 햇볕에 바짝 건조된 곡물에서 날 법한 은근한 향이 입안에 묵직하게 감겨왔다. 해소되지 않는 감정까지 한데 뒤섞여 안 그래도 염치없는 년을 더욱 염치없게 만드는 맛이 있다면 바로 이런 거겠지 싶었다. 아는 맛이라 슬픈, 아는 맛이라 두려운, 아는 맛이라 더욱 무서운 햇살의 맛을 찬찬히 음미하며 다시 한 번 눈을 질끈 감았다.

PART 3

그 자체로 이미
충분한 맛

가장 깊고 아픈 미끼를 문 것처럼

오징어숙회

어릴 때부터 오징어를 좋아했다. 일찍이 씹고 뜯고 맛보는 재미를 깨우친 덕분에 오징어라면 생물이든 반건조든 건조든 가리지 않았다. 그랬던 데는 내 유년기 속 가장 큰 지분을 차지하는 할머니의 입맛이 한몫했지만, 그보다는 전통시장에서 각종 해산물을 오래 취급해온 장사꾼이자 우리 집의 해산물 공급책이기도 한 삼촌 덕이 컸다.

삼촌은 집에 내려올 때마다 엄마와 할머니를 위해 오

징어를 비롯한 각종 해산물과 다양한 건어물을 한껏 챙겨 왔다. 그중 백진미채는 맛깔스러운 고추장 양념장으로 무친 진미채무침이 되어 밥상 위에 올라왔지만, 홍진미채는 할머니 방 따뜻한 윗목에 자리한 분홍색 플라스틱 바구니에 곧장 들어갔다. 이 없이 틀니를 오래 끼고 사셨던 할머니에게 마른오징어는 무리였지만, 얇게 채 썬 진미채는 입안에 두고 오래오래 씹으며 느리디느린 노년의 무료한 시간을 달래는 데 안성맞춤인 주전부리였다. 일명 할머니의 주전부리 통에 들어간 순간, 진미채는 가족 소유의 공동 음식이 아닌 할머니만이 맛볼 수 있는 유일무이한 간식이 되었다.

모르긴 몰라도 할머니 방에서 나던 고릿한 냄새의 팔할은 진미채가 한몫했다. 아무튼 할머니의 진미채가 든 비닐봉지는 함부로 열리는 법이 없었다. 가령, 할머니의 심부름을 완벽하게 수행했거나, 당신 곁에서 오래오래 말동무가 되어줄 손주에게만 꼭 한 주먹의 진미채가 부상처럼 주어졌다. 아주 가끔은 내가 진미채 한 주먹을 얻어먹기 위해 할머니 곁에 있는 건지, 할머니와 대화하는 것이 좋아 진미채까지 얻어먹게 된 건지 헷갈렸지만, 어쨌든 할머니와 함께 보낸 느리디느린 유년의 시간을 그리 싫어하지 않았던 것만은 분명하다.

어린 시절 가장 행복했던 밥상을 떠올려보면 할머니의 진미채로 가볍게 입가심한 후 가족들과 오징어숙회를 맛보는 저녁이 생각난다. 숙회를 해 먹는 날은 어쩐지 특별한 기분이 들었다.

엄마는 잘 포장된 아이스박스에 잔뜩 실려 온 냉동 오징어의 내장을 맨손으로 설렁설렁 바르는 사람이었다. 마당 한편 수돗가의 댓돌 위에 아이스박스를 얹어두고 솜씨 좋은 셰프처럼 배를 갈랐다. 엄마는 그날을 위해 나무 도마를 햇볕에 바짝 말리고, 아빠에게 부탁해 부엌칼의 날을 잘 갈아두었다. 엄마 곁에서 내장까지 싹 바른 오징어를 비닐봉지에 나누어 담는 일은 내 몫이었는데, 낱개로 나눈 봉지의 입구를 야무지게 매듭짓다 보면 해거름의 몇 시간이 훌렁훌렁 지나가 있었다.

일곱 명의 대 식구였지만, 오징어 일곱 마리를 한꺼번

에 먹는 일은 없었다. 보통은 양파, 대파, 당근 등의 야채를 양껏 넣은 (오징어는 눈 씻고 찾아봐도 잘 보이지 않는) 오징어야채볶음이 주로 밥상 위에 올라왔지만, 그날은 기교 없이 '오징어' 그 자체로 조금 사치를 부리는 날이었다.

"숙회 해 먹게 냉동실에 넣어둔 오징어 좀 꺼내놔."

"한 봉지?"

"아니, 두 봉지."

냉동실에 꽝꽝 얼린 냉동 오징어 두 봉지를 꺼낼 때면 절로 콧노래가 났다. 어린 시절, 내륙에 사는 아이에게 오징어는 자주 맛볼 기회가 주어지지 않는 해산물이어서 더욱 그랬다. 일 나간 부모님이 돌아오는 저녁 무렵이면 꽝꽝 얼어붙은 오징어는 데치기 좋게 해동되어 있었다. 손을 간단히 씻은 엄마는 장독대 항아리를 열어 고추장을 양껏 펐다. 사실, 오징어숙회는 초장 맛이 결정한다고 해도 과언이 아니었다. 그날의 엄마는 뭐든 듬뿍이었다. 식초도, 마늘도, 참깨도 듬뿍. 그러나 초장의 화룡점정인 참기름은 선낫. 뭐든 듬뿍 넣을 것처럼 비장한 표정을 짓던 엄마도 참기름만큼은 아끼고 또 아꼈다. (기름 한 방울 나지 않는 나라여서 그랬는지) 참기름을 따르고 난 다음이면, 소주병 입구에 묻은 잔여분의 참기름을 엄지손가락으로 쓱쓱 닦아낸 후 쪽쪽 빨아먹었다. 그뿐인가. 엄마는 그러고도 고소한 기운이 야멸차게 달아날세라 병마개를 꼭 잠갔다.

"오징어는 금세 데치니까 어서 상 펴라."

그런 날엔 밥도 잘 먹히지 않았다. 식구 일곱 명에 오징어 네 마리가 충분히 양에 찰 리 없었다. 접시에 담긴 오징어숙회는 내놓기 무섭게 거침없이 비워졌다. 그런 날엔 부모님은 오징어는 드시지 않고 병맥주를 한 잔씩 나눠 마셨다. 숙회보다는 초장으로 혀를 찍어대는 일이 많았던 것은 왜였을까? 그러거나 말거나 오징어 몸통은 서툰 젓가락질로, 물컹거림에 자꾸 비켜나는 오징어 다리는 숫제 맨손으로 허겁지겁 집어먹는 나를 보며 아빠가 대뜸 이렇게 말씀하시기도 했다.

"요간나는 오징어라면 사족을 못 쓰네."

아이 넷은 그랬다. 인내심을 갖고 자신의 순서가 오길 기다리다간 제 몫을 양껏 챙겨 먹기가 어려웠다. 잔잔한 꽃무늬가 새겨진 철제 밥상 위는 실은 지독한 약육강

식의 세계였다. 네 아이 중에서 가장 순독하다는 소리를 들었던 나 역시 한 줌의 오징어 다리를 차지하기 위해서라면 아귀다툼 속으로 과감히 발을 디밀었다. 아귀의 세계에 정찰 나온 아빠의 레이더에 그만 걸리고야 만, 양보 없는 오징어 포식자로 낙인찍힌 그날의 나는 머쓱한 얼굴로 오징어 다리를 입에 문 채 헤실헤실 웃으며 이렇게 대답했다.

"아빠."

"왜, 요간나야?"

"나는 진짜 평생 오징어나 실컷 먹으며 살고 싶어."

"거기 동해에 박 씨라는 사람 있는데, 거기다 시집보내줄까?"

"박 씨가 누구야?"

맨날 남 듣기 좋게 귀하디귀한 셋째 딸이라고 하지, 대뜸 얼굴도 모르는 사람에게 시집을 보내겠다는 말에 그만 울상이 되었다.

"누구긴 누구야. 어부지. 오징어잡이 어부."

아빠의 맥락 없는 이야기엔 어쩐지 신묘한 힘이 깃들어 있어 사뭇 긴장되었다. 이러다 진짜 멋있게 생긴 어부

에게 시집가는 건 아닌가 싶어서 침을 꼴딱꼴딱 삼키다 말고,

"시래."

나는 '시래기'라는 단어를 닮은, 고향에서는 '싫다'라는 말로 통용되는 대답을 내뱉으며 고개를 절레절레 흔들 뿐이었다.

"시래? 어부한테 시집을 가야 실컷 오징어 뜯어 먹고 살지."

"아빠 옆에서 평생 살 거야."

아빠는 막내딸의 빤한 변죽울림에 기분이 좋아졌는지 맥주 한 잔을 시원하게 들이켜더니 꺼억, 하고 트림했다. 아빠의 목구멍에서 뿜어져 나온 쌉쌀한 알코올 기운이 이마를 쓸어내릴 때, 나는 바다 너머로 오징어를 잡기 위해 수백 개의 집어등이 걸린 배를 몰고 나아가는 한 남자를 떠올렸다.

출렁거리는 뱃머리에서 먼바다를 바라보는 남자, 미끼에 걸린 수백 마리의 오징어를 만족스럽게 거둬들이는 남자. 그 미완의 얼굴에 누구라도 대입해도 좋을 것 같았다. 이를테면 당시 인기리에 방영했던 〈사랑을 그대 품

안에〉의 차인표랄지, 〈마지막 승부〉의 손지창이랄지.

"그래, 결심했어! 나, 어부한테 시집갈 거야!"

마치 두 번의 인생을 살기라도 할 것처럼, 과거 인기리에 방영되었던 〈인생극장〉 속 이휘재처럼 선택의 기로 앞에 서서 한 치의 망설임도 없이 그렇게 외쳤다.

그날 나는 오징어숙회를 먹고 난 후, 어쩐지 그것만으로는 성에 차지 않아 홍진미채로 입가심을 했다. 저녁을 드신 할머니가 초저녁잠에 든 틈을 타 진미채 봉지에 슬그머니 손을 가져갔다. 실은, 그런 일은 자주 일어났다. 물론 할머니가 눈치채지 못하게 아주 조금씩, 조금씩 홍진미채를 훔쳤을 따름이다.

****

어부의 아내가 될 기회는 좀처럼 찾아오지 않았다. 오징어잡이 배를 타고 먼바다로 나간 남편을 오매불망 기다리는 일마저도. 그저 오징어숙회를 좋아하다 보니 때가 되면 동해를 한 번씩 찾곤 하는, 그렇고 그런 평범한 사람이 되었다. 생각해보니 서른다섯 살을 넘기고는 엄마 편으로 시집가라는 소리는 질리도록 들었지만, (결혼하고 나서도 결혼 전을 떠올려보면) 아빠에겐 내내 결혼하란 소리 한 번 듣지 못했다. 언젠가는, 그래 언젠가는 자신만의 배를 모는 남자의 손을 맞잡고 먼바다로 떠나게 될 것이라는 사실을 알아서였을까.

결혼 전, 아주 가끔 아빠는 그런 말을 했다.

"아빠는 너희들 곁에서 영원히 살아주지 못해. 알지? 그래서 꼭 결혼해야 한다는 게 아니고, 그저 너희들 옆에 좋은 사람이 있었으면 하는 거야."

그 말이 어쩐지 '결혼하라'는 엄마의 말보다도 더욱 깊고 아픈 미끼가 되어 내 가슴에 콕 박혔다. 그것을 알면서도 물어야 할지 말아야 할지를 줄곧 고민했던 나는, 그때마다 한 마리의 동해 오징어가 되어 깊고 아득한 바닷속을 유영하는 꿈을 꾸었다. 그 꿈속에는 언제나 사랑한다는 말로는 부족한 나의 사람들이 살고 있다.

내 속의 불량함을 깨우다

분홍소시지 달걀부침

어떤 음식만 보면 지극히 불량한 마음이 든다. 이를테면 "엄마, 그때 나한테 왜 그랬어?" 혹은 "뭐? 나는 잘 기억도 안 나는데, 왜?"처럼 서로 간에 얼굴 붉힐 질문을 반복하게 만드는 음식이랄까? 처음에는 그것이 '다 지난 일을 두고' 괜스레 엄마를 놀리고 싶은 마음에서 기인한다고 생각했다. 하지만 이제는 안다. 그것이 실은 해묵은 서운함에서 기인했다는 것을, 그 서운함이 상처가 됐음을, 상처를 들추면서 괜스레 괴롭히고 싶었던 것은 다름 아닌 '엄마'였음을.

어떤 음식을 떠올릴 때 다른 무엇도 아닌, 내 속의 불량함을 들여다보게 된다는 것은 참으로 서글픈 일이다. 그러나 때로는 (다 큰 어른이 되어) 끝내 자신을 속이며 애써 어른인 척 행동하는 것보다 내 속의 못난 모습을 아이처럼 꺼내어 천진하게 살아보려는 것이, 그리 나쁜 일만은 아닐지도 모른다고 생각하는 것이다.

내게 그런 기억을 상기시키는 음식은 바로 분홍소시지달걀부침이다. "엥? 그 소시지달걀부침이 뭐가 문제야?" 하고 반문하는 사람이 있을지도 모르겠다. 소시지달걀부침이란 무엇인가! 분홍소시지는 천정부지로 치솟는 물가에도 여전히 저가의 식재료 중 하나로 마트 냉장실 한 칸을 굳건히 지키는 가공식품이 아닌가. 줄줄이 비엔나소시지보다 훨씬 덩치가 크지만, 가격은 그 절반에도 미치지 않는 분홍소시지를 달걀물에 '설설' 부쳐낸, 그야말로 그리 특별할 것 없는 백반집의 평범한 밥반찬이 아닌가 말이다.

분홍소시지달걀부침은 합정동의 기획사를 다니던 시절, 점심에만 운영하는 뷔페 음식점에서 고정으로 나오던 기본 반찬 중 하나였다. 점심시간에만 주변 직장인 손님을 위해 일시적으로 뷔페를 운영했던 그 가게의 반찬 코너에서 소시지달걀부침을 발견하곤 이런 생각을 했다.

'음……. 이 집은 뭔가, 반찬에 좀 더 성의를 보이는 것 같은데?'

그래서인지 그 뒤로도 손님이 양껏 가져가도록 반찬통 한가득 쌓인 분홍소시지달걀부침을 볼 때마다 화들짝 놀랐다. 이 집의 단골손님이 되겠다고 마음먹은 일 역시 이 소시지달걀부침 덕분이었고. 어느 식당에 가건, 반찬의 가짓수가 어떻건, 다른 것에 비해 순식간에 줄어드는 반찬을 볼 때면, 모르긴 몰라도 사람의 손길이 가장 먼저 가는 밥반찬에는 저마다 기구한 사연 하나쯤은 있지 않을까, 미루어 생각하게 된 것도 모두 다 이놈의 분홍소시지달걀부침 탓이었다.

* * *

분홍소시지달걀부침은 꽤 오랫동안 우리 집의 제사상에 올라왔다. 어린 시절에는 엄마가 제사상을 차리기 위해 분주한 와중에도 뚝딱뚝딱 만드는 전류 음식이 뭐든 그리 어렵고 대단해 보였다. 손이 크고 넓적한 엄마는 특히 전을 부치는 일에 일가견이 있었는데, 분홍소시지 달걀부침 역시 달걀물 한 점 흩트리지 않고 완벽하게 부쳐내곤 했다. 균일한 두께로 어슷썰기를 한 소시지를 부칠 때마다 달걀이 과하게 낭비되는 것을 원치 않은 엄마는 한 알씩 한 알씩 필요한 달걀 개수를 일일이 헤아리며 소시지달걀부침을 부쳐냈다.

그 옆에서 나는 엄마의 잔심부름을 도맡았다. 냉장고 속 달걀을 가져오는 일, 양은그릇 속 달걀 흰자와 노른자를 휘젓는 일, 뒤집개를 연신 사용하다 보면 자연스레 흘러내리는 엄마의 겉옷 소매를 올려주는 일, 기름진 도마나 칼을 깨끗이 씻어 개수대에 올려두는 일이 그랬다. 이런저런 잔심부름의 대가로 원하는 것은 단 한 가지라고 해도 무방했다. 갓 부쳐낸 뜨끈하고 말랑한 소시지달걀부침을 몇 점 받아먹는 것.

"엄마, 소시지 한 개만."

"입 좀 다물어. 귀한 제사 음식에 침이라도 튀면 어쩌려고 그래."

"아니, 그러지 말고. 소시지 한 개만, 어?"

"할배가 이놈 한다니까!"

돌아가신 할아버지의 제사상에 올려둘 제수 거리를 미처 챙기지도 못했는데, 그 곁에서 어린 딸이 소시지달걀부침 한 점 달라는 모양새가 영 마음에 들지 않았는지 엄마의 갈색 눈썹은 갈매기 날개처럼 휘어졌다 펴지곤 했다. 그러거나 말거나 갓 부쳐낸, 하얀 김이 모락모락 피어오르는 소시지달걀부침의 유혹은 엄청났다.

그런데 말이다. 대부분의 이야기에서라면, 이런 순간 엄마들은 못 이기는 척 딸아이 입안에 스리슬쩍 소시지달걀부침 한 점을 넣어주지 않던가?

"할매 안 보시게 가만히 먹어, 알았지?"

이 한마디를 보태고 모종의 윙크를 비밀스럽게 교환하면서.

그런데 매사 여유가 없는 엄마의 마음에는 당연하게도 딸의 심정을 헤아리는 섬세함이 들어설 자리가 없었다. 엄마는 오랜 세월 제사상을 준비하면서도 때로 산 사람의 입보다 죽은 사람의 눈치를 더 보는 쪽이었으므로. 엄마는 오십 년 가까이 할아버지 제사상을 준비했지만, 여전히 선대의 제사상을 제대로 차려낼수록 후대의 자식들이 조상 덕을 본다고 생각하는 사람이다. 특히 젊은 시절의 엄마는 제사 음식을 만들 때마다 그런 전통적 관념에 부합하는 책임감을 투철하게 발휘했다. 시절이 부여한 과업이었지만, 그 과업은 어느새 엄마 삶의 일부가 되었다.

"오늘따라 왜 이렇게 극성맞을 짓만 골라서 해? 좀만 더 기다리라고 했지?"

엄마는 예측할 수 없는 타이밍에 대뜸 불같이 성을 냈고, 머쓱해진 나는 쭈뼛쭈뼛 뒷머리를 긁으며 마당으로 쫓겨나곤 했다. 더욱 예민해진 엄마는 기름진 제사 음식이 담긴 널따란 쟁반 위에다 농협에서 준 벽걸이 달력을 한 장 찢어 덮고는 높다란 장롱 위에 올렸다.

나는 마음속에 이는 서운함의 파고를 가까스로 가라앉힌 후, 나물을 데치기 위해 부엌으로 건너간 엄마 몰래 책상 의자를 바싹 끌어당겼다. 의자를 밟고 올라서서 발끝을 꼿꼿하게 세운 채, 소시지달걀부침이 있는 장롱 위로 있는 힘껏 팔을 뻗었다. 하지만 끝내 쟁반까지는 손이 닿지 않았다.

제사가 끝난 후, 엄마는 소시지달걀부침을 양껏 맛볼 수 있도록 접시 가득 내어놓았다. 하지만 갓 부쳐낸 부침개에서만 맛볼 수 있는 뜨겁고 포근한 기운이 달아난 음식은, 그렇게나 먹고 싶어 안달을 내던 그 맛이 아니었다.

제삿날마다 벌어지는 그 일은 두고두고 기억에 남았다. 어느 정도 세월이 지나, 처음으로 소시지달걀부침 이야기를 가족 대화의 우스운 소재로 꺼냈을 때, 엄마는 아무것도 기억나지 않는다며 오히려 그 시절의 기억을 고스란히 품은 나를 도무지 이해할 수 없다는 표정으로 바라보았다.

"그때는 사는 게 다 그렇고 그랬던 걸 어쩌라고? 그렇다고 이 풍족한 세월에 그 소시지 하나 못 먹었던 기억을 들춰내서 속을 끓이나?"

"엄마가 그렇게 야박하게 군 걸 이제라도 공론화하고 싶은 걸 어째. 엄마! 정말 하나도 기억이 안 나?"

"안 나."

"진짜?"

"어, 안 나."

엄마는 소시지달걀부침이 불러온 미세한 대화의 균열을 너무도 천연한 표정으로 봉합한 후, 당신이 마땅히 해야 할 일에 몰두할 뿐이었다. 이를테면 이모에게 볶은 참깨를 가져다주고 잔뜩 얻어 온 머위의 껍질을 벗기며 일일 드라마를 보는 식으로.

나는 또 새삼 그 일을 기억하지 못하는 엄마가 그렇게나 서운했다. 분홍소시지달걀부침 한 점을 훔쳐 먹기 위해 까치발을 들고, 차마 닿지 않는 곳까지 가까스로 손을 뻗으려 했던 어린 내가 안쓰러워, 만약 그때 엄마가 소시지달걀부침 한 점을 내 입속에 포근하게 넣어주었다면 어땠을지를 가만히 상상하곤 하는 것이다.

지금 엄마는 예전과는 많이 달라졌다. 반찬 하나라도 만들면 집요하게 우리 곁을 맴도는 사람으로 바뀌었다. 그것이 우리가 수십 년에 걸쳐 받아 먹어온 '아는 맛'이라 할지라도 조금이라도 맛봐주기를 기대하며 간절한 신호를 보낸다. 자식이 속을 끓이건 말건 자기 기준에 부합하지 않은 일에 대해선 대수롭지 않게 까먹고 사는 무심한 엄마 밑에서 자란 탓인지, 나는 나이를 먹을수록 어떤 부분에서 점점 더 고약한 딸이 되어가고 있다. 그때 진 빚을 이제라도 갚겠다는 심정으로 "아이고, 엄마! 엄마가 만드는 것 중에 맛없는 게 어디 있다고? 방금 이 닭 아서 싫어" 하며 끝내 받아먹지 않겠다고 야박스럽게 굴기도 하면서.

순독했던 셋째 딸이 한을 품으면 오뉴월에도 서리가 내린다는 말을 몸소 보여줘야지 싶다가도, 그 시절 엄마는 음식 하나를 앞에 두고 딸 하나와 장난스럽게 실랑이를 벌일 정도로 심적·육체적 여유가 없었던 거라고 제법 어른스럽게 생각하기도 한다. 그렇다고 해묵은 서운함이 아침 안개처럼 스르르 걷히는 것도 아니어서, 소매 끝 비죽 흘러나온 솔기를 매만지며 "칫, 나라고 별수 있어?" 하고 툴툴거린 후 괜스레 먼 산을 바라볼 때도 있다.

그저 엄마가 진짜로 그 시절의 일을 다 기억하지 못해서 다행이라는 마음을 품고, 엄마를 자꾸만 자꾸만 괴롭힐 궁리를 하고 있다. 유년의 언덕 아래 놓아두고 온 그 소시지달걀부침을, 어른이 된 후 감추느라 급급했던 내 속의 '분홍분홍'한 불량함을, 이제는 말랑말랑해질 대로 말랑해진 그 마음을 스리슬쩍 꺼내 보기 위해.

그 자체로 이미 충분한 맛

소고기육개장

매년 엄마의 휴가는 가을걷이가 끝나고 첫서리가 뽀얗게 내릴 무렵 시작되었다. 수박과 포도 등 특수 작물 농사를 수십 년 동안 지어온 엄마의 일 년은 24절기에 맞춰 순차적으로 지나갔다. 상강인 10월 말을 지나 11월 초에 걸쳐 이루어지는 엄마의 겨울 첫 휴가지는 자식들의 거처인 서울 집이었다.

명목은 직장 다니는 자식들의 끼니를 며칠이라도 해주기 위함이었다. 고된 노동 후, 농한기에만 누릴 수 있는 달콤한 보상과는 거리가 먼 여행의 종착지는 이파리 드넓은 야자수, 비취색 파도가 넘실거리는 해변, 먹음직스러운 각종 이국 음식과 과분할 정도의 서비스가 넘쳐나는 리조트가 아니었다. 회색빛 콘크리트 위에 세워진 삭막한 대로변을 지나, 밤이면 술 한잔 걸친 취객들이 들끓는 골목길 초입의 상가 건물 이층집이었다. (우리는 그 이층집을 몇 년 전 봄에 떠나며 각자의 독립된 삶을 이루었다.) 엄마가 이층 돌계단을 타고 올라올 때 타박타박 울려 퍼지는 신발 소리는 고된 '밥 노동'의 서막을 알리는 서글픈 신호탄이기도 했다.

서울에 도착한 엄마의 스케줄은 냉장고를 정리하는 일에서부터 시작되었다. 퇴근 후 무거운 몸을 이끌고 집에 당도한 우리는 저녁을 먹기 전부터 엄마의 카랑카랑한 잔소리를 오롯이 견뎌야 했다. 아주 가끔 냉동실에서 언제 넣어두었는지 모를 꽝꽝 언 소고기가 나왔다. 된장을 넣어 조물조물 무쳐 먹으라고 했던 시래기는 벽돌처럼 굳어 있었다. 찜솥을 한가득 채운 냉장고 속 식재료는 '버릴 것'과 '겨우 해 먹을 수 있는 것'으로 아슬아슬하게 구분되었다.

"뭔 부귀영화를 누리겠다고 이 난리를 피우고 살았는지 모르겠다……."

냉장고 정리를 하고 있는 엄마 앞에만 서면 죄인처럼 절로 숙연해졌는데, 어쩌면 이미 태어날 때부터 부모 등골 빼먹고 살 죄를 지은 탓인지도 몰랐다. 부모에게 가장 막심한 불효는, 각자의 사랑으로 세상 귀하게 키워냈음에도 불구하고, 어느 순간부터 그 몸을 '대충 먹고사는 일'에 꿰맞춘 일이 아니었을까? 혹은 가장 귀하게 고르고 고른 식재료를 썩혀, 이제껏 우리를 위해 열심히 살아왔다고 자부하는 간절한 세월을 아주 잠시라도 후회하게 만드는 일이 아닐까?

엄마의 두 번째 스케줄은 부엌 싱크대와 서랍장 정리였다. 싱크대 배수통의 수챗구멍부터 들여다보는 불시검문 앞에 우리는 단체로 멘털이 털털 털리는 사태를 겪곤 했다.

"아이고, 더러워. 여기가 밥통이냐 똥통이냐!"

엄마는 서랍장 속 깊숙이 넣어둔 양철 수세미를 꺼내 맨손으로 수챗구멍을 벅벅 청소했다. 음식물 찌꺼기로 오염된 수챗구멍은 순식간에 뽀얀 속살을 드러냈다. 엄마가 이렇게까지 부엌 정리에 공을 들이는 것은 자식들의 저녁거리를 청결한 부엌 환경에서 만들기 위해서였다. 당신이 올라오는 시간에 딱 맞춰, 아빠가 부친 택배 속에 두둑하게 쟁여 온 싱싱한 식재료를 비축할 공간을 확보하기 위해서라는 것쯤은 익히 알고 있었다. 부엌 위생부터 철저히 점검하는 일은, 그만큼 자식들의 입에 들어갈 음식을 허투루 만들지 않아온, 엄마만의 요리 철칙 중 하나였으니까.

그렇게 부엌 청소를 마무리한 엄마는 다용도실에 넣어둔, 일 년에 몇 번 쓰지 않는 노란색 찜통을 꺼내 개수대에 올려놨다. 상강이 지나고 이르게 찾아온 초겨울의 찬기를 노곤하게 녹여줄 육개장 한 통을 끓이기 위해서였다. 멸치와 다시마, 양파를 넣고 육수를 우리는 동안, 시골 텃밭에서 갓 뽑아 택배로 부친 심이 좋은 대파와 묵직한 무를 숭덩숭덩 썰었다. 집 근처 전통시장에 가면 육개장에 들어갈 부속물은 충분했으나, 육개장의 핵심인 소고기만큼은 본가인 예천 축협에서 공수해 왔다. 우리는 소고기만큼이나 잘 다듬은 고사리와 토란대를 사랑했지만, 엄마가 분주히 재료를 씻고 다듬는 동안 염치없이 구들장만 지켰다.

엄마표 들기름으로 소고기를 달달 볶을 때, 고기 누린내를 잡아줄 생강은 필수였다. 고기 육즙이 슬며시 배어 나오면 굵직하게 썰어놓은 대파를 얹어 매운 기를 잡아줄 정도로만 성글게 볶았다. 따로 분리한 육수를 넣고 한소끔 끓여낸 후, 엄마는 밀가루옷을 입은 고사리와 토란대를 양껏 넣었다. 국물 간은 국간장과 고춧가루만으로도 충분했다. 강불에서 중불로, 다시 약불로 은근히 우려내면 되직한 풍미를 띤 소고기육개장이 비로소 완성되었다.

우리는 약속이라도 한 듯 거실 한 중앙에 너른 소반을 폈다. 다른 밑반찬은 필요도 없이 김치냉장고 속 그해의 마지막 김장 김치 한 포기면 충분했다. 남동생은 국그릇에 밥을 양껏 담아 소고기육개장을 말았다. 이렇게 먹어야 한 끼 제대로 먹는 기분이 든다나. 작은언니와 나는 밥보다 국 건더기를 더 많이 먹기 위해 국과 밥을 따로 담았다. 엄마는 언제나 남은 찬밥에 육개장 국물을 휘휘 섞었다. 이렇게 먹으면 찬밥 더운밥 가릴 필요가 없다고 했지만, 갓 지은 밥을 싫어할 사람은 아무도 없었다. 엄마는 서울 집에서조차 가장 하찮은 한 끼의 식사를 자처하곤 한 것이다.

밥을 만 소고기육개장은 훌훌 잘 넘어갔다. 고사리와 토란대는 아무리 먹어도 질리지 않을 만큼 사각사각한 식감을 자랑했다. 국거리용 소고기를 좋아하지 않는 나는 육수가 배어난 국물을 거푸 떠먹었다. 아주 가끔은 체중 조절을 한답시고 밥 없이 건더기만 먹을 때도 있었지만, 어느 순간 정신을 차려보면 갓 지은 밥을 훌훌 말아버린 소고기육개장 한 그릇이 배 속으로 거짓말처럼 사라지곤 했다.

한없는 품이 드는 음식임에도 불구하고, 먹는 일은 너무도 순식간이라, 어쩐지 한 숟가락 떠먹으면 떠먹을수록 염치가 없어지는 맛. 눈 깜짝할 새 한 그릇을 비우고 입가에 묻은 기름기를 손등으로 쓱쓱 문지른 후, 너무도 포만한 얼굴로 어느덧 일일 드라마로 눈 돌리게 하는 맛. 그 자체로 충분하여 다른 먹거리가 전혀 떠오르지 않는 맛. 소고기육개장의 맛은 이러했다.

"자, 설거지는 누가 할래?"

"막둥이."

"에이, 누나가 해. 오늘 댓바람부터 이사한테 깨져서 엄청 피곤하거든."

"너만 피곤하나? 나도 오늘 거래처 담당자랑 한판 해서 기분 진짜 별로거든?"

"기분 별로인 거랑 설거지가 무슨 상관?"

"상관있거든! 그러지 말고 가위바위보로 하자."

과년한 자식들이 개수대에 산처럼 쌓인 설거지를 하지 않으려고 별 이유 같지 않은 이유를 들먹이며 철없이 가위바위보를 해대는 동안,

"됐다, 됐어. 다들 돈 버느라 고생했을 텐데 들어가서 쉬라, 쉬."

이른 봄부터 늦가을까지 돈을 벌다 이제 막 떠나온 첫 휴가지에서조차 여전히 설거지를 담당하게 된 엄마

라니. 그리하겠다는 엄마를 나 몰라라 하는 방종한 자식들이라니.

"그래도 엄마는 평생을 사장님으로 살았으니까 괜찮지?"

나는 또 염치없이 주둥이를 놀리고,

"아암, 그렇고말고."

엄마는 또 그걸 넉넉한 마음으로 받아주고,

"엄마, 오늘 저녁만 수고해. 내일부턴 누나가 다 할 거니까."

설거지라면 곧 죽어도 하기 싫어하는 남동생은 순간을 모면할 농담만 늘어놓는다.

그렇게 우리는 '변명'이라는 설거짓거리까지 개수대에 잔뜩 부려놓은 채, 슬금슬금 각자의 방으로 달음질쳤다. 달그락달그락. 엄마는 끄응차 소리를 내며 무릎을 일으켜 세운 뒤 설거지를 하기 시작했고, 나직하게 틀어놓은 일일 드라마에서는 줄거리를 알 수 없는 배우들의 과감한 열연이 펼쳐지는 중이었다.

***

그날 엄마는 자식들 배를 속절없이 불려놓고는, 당신은 TV 속 드라마를 기웃기웃 건너다보며 피식피식 웃고만 있었다. 문득 엄마는 저녁을 실컷 먹었던가 헤아려보니, 우리가 소고기육개장 한 그릇을 허겁지겁 비우는 동안, "얘들아. 내일 저녁엔 뭐 먹을래? 제육볶음 해줄까?" 하며 다음 끼니로 무엇을 해줄지를 고민하고 있었다는 사실을 깨달았다. 첫 끼를 해치우기도 전에 다음 끼니를 고민해야 하는 사정, 그것만큼 세상 피곤한 일이 있을까.

그러거나 말거나, 철없는 김에 더 철딱서니 없는 딸이 되고 싶어진 나는 방바닥에 배를 깔고 드러누워 오랜만에 고사리와 토란대, 국거리용 소고기를 품은 배 속이 군불을 땐 방바닥처럼 뜨뜻해지는 기분을 느끼며, 어쩌면 이곳이 진정 '천국'일지도 모르겠다고 생각했다.

그나저나 엄마는 어디에서 행복을 찾을까? 엄마의 천국은 어디에 있을까?

모르긴 몰라도 엄마의 노래가 당신의 속마음을 증명

하기라도 하듯, 늦은 저녁 엄마는 휴가지의 감미로운 해풍은 간데없이 육개장의 열기로 가득한 개수대 앞에 서서 아주 오랫동안 '콩밭 매는 아낙네야 베적삼이 흠뻑 젖는다. 무슨 설움 그리 많아 포기마다 눈물 심누나'라는 구슬픈 노랫말을 가진 주병선의 명곡 〈칠갑산〉을 흥얼거리고 있었다.

세 자매의 사랑이 오래도록 이어지기를

집 고추장

"이상하지? 큰이모가 갑자기 내가 만든 고추장이 먹고 싶다고 하네."

"큰이모? 이모도 고추장은 직접 만들어 드시지 않나?"

"이번에 고추장을 선낫 만들었다는데, 뭘 잘못 넣었는지 전부 다 망쳤다고 하더라고?"

"에이, 고추장은 핑계고, 엄마 고추장 좀 얻어먹고 싶으신가 보지."

“아이고, 생전 그런 소리도 안 하는 양반이……. 가끔 죽을 날짜 받아놓은 사람처럼 왜 그런 무서운 소릴 하나 몰라.”

엄마는 기어이 가슴 철렁한 소리를 내뱉었다. 그러고 보니 큰이모를 못 뵌 지도 몇 년이 흘렀다. 마지막으로 얼굴을 본 것이 오래전 큰언니의 결혼식에서였던가.

그날, 결혼식이 끝난 후 친척 어르신들이 몰려 있는 자리로 쫄레쫄레 불려가 기어이 잔소리를 들었다. 내내 큰소리 내는 법 없이 잠자코 있던 큰이모는 집으로 가시기 전 손을 슬그머니 잡고 귓속말로 속삭였다.

“예지야, 서울에 너 좋다는 남자가 그렇게 없니?”

순간, 배시시 웃음이 터지려는 걸 간신히 누르고 제법 진지한 척 귀를 기울이며 대답했다.

“아이고, 이모. 서울 남자들 전부 다 눈이 삐었나 봐요. 제가 눈먼 놈으로 냉큼 하나 잡아 올게요.”

“그래. 얼러 서둘러라. 시간이 더 지나버리면 이제는 네 결혼식도 못 가보겠다.”

슬며시 눈인사를 나누던 큰이모와는 특히 그랬다. 굵직한 집안 행사 때마다, 결코 무겁지 않은 가벼운 근황

만을 나누다가 어영부영 헤어졌다.

엄마보다 열두 살이나 더 많은, 일찍 결혼하신 덕에 이제 환갑을 넘긴 큰아들과 장성한 손주 여럿을 둔 큰이모와는 그렇게 얼굴을 못 본 채로 세월을 뭉텅뭉텅 건너뛰는 사이가 되었다. 그러는 동안 꼿꼿했던 큰이모는 지팡이의 힘을 빌려야만 걸을 수 있는 여든여섯 살의 할머니로 변했다.

지금의 엄마 나이쯤에, 큰이모는 큰이모부를 갑작스러운 사고로 먼저 떠나보냈다. 큰이모는 큰이모부와 함께 일궈놓은 집 한 채, 그리고 몇 뙈기의 밭과 함께 남겨졌다. 계절이 가을에서 겨울로 접어들던 무렵이었을까? 그해엔 첫서리가 조금 이르게 찾아왔던 것도 같다.

예천 읍내에 있는 장례식장으로 모여 어딘가 수척해지고 노쇠해진 큰이모의 얼굴을 보았던 기억이 난다. 살아생전 키가 크고 기골이 장대했던, 서글서글한 인상만큼이나 카랑카랑하고 대쪽 같은 음성을 지녔던 큰이모부에 비해 큰이모는 아담한 키에, 여성스럽고 느긋한 성품을 가진 분이었다. 어떻게 보면 한없이 유약할 것만 같은 작은 체구와 나직한 목소리……. 그럼에도 큰이모는 큰이모부의 갑작스러운 부재를 당신만의 속도로 오롯이 감내하셨다.

엄마의 세 자매는 이모부의 죽음 이후로 서로를 좀 더 살뜰하게 살피는 사이가 되었다. 큰이모는 동그랗고 자그마한 얼굴이 매끄럽게 도정한 쌀처럼 생겨서 어렸을 적부터 '쌀분'이라고 불렸는데, 그런 큰이모를 엄마는 '언닌가!'로, 큰이모는 엄마를 '류실인가!'(경상도에서 손윗사람이 시집간 여자를 부르거나 일컬을 때 남편 성 뒤에 접사인 실室을 붙여 부르는 말)로 칭하며 서로 간에 은근한 자매애를 자랑했다.

어찌 된 노릇인지 그 아랫세대인 우리는 사촌 간에 이렇다 할 왕래가 없지만, 엄마의 세 자매는 때가 되면 외식도 하고 서로의 안부를 살뜰히 챙기며 살아오고 있다. 그럴 수 있었던 데는 지척으로 세 자매 모두 시집을 간 덕분이기도 했지만, 한없는 세상, 형제를 먼저 떠나보내고 잇따른 부모의 죽음 뒤 세 자매만이 오롯이 남겨진 덕분이기도 했다.

"큰이모는 잘 지내셔?"

"뭐, 이럭저럭 지내지. 큰이모는 내 걱정이 늘어졌지. 일을 줄여도 줄여야 할 판에 크게 떠벌여서 고생스럽게 산다고."

팔십이 넘어서도 칠십 넘은 동생을 염려하는 마음을 알아서일까. 엄마는 큰이모가 집 고추장이 먹고 싶다고 말을 한 날부터 내내 마음에 품고 있었던가 보았다.

그 이후로 안타깝게도 고추장을 만들 기회는 좀처럼 찾아오지 않았다. 고질적 문제였던 엄마의 허리뼈가 한 번 더 부러지고 나서부터는 더욱 그랬다. 엄마는 아프고부터 마음이 자꾸만 작아졌다. 어긋난 허리의 틈만큼 활동 반경이 점점 더 좁아졌다. 그렇게 한두 달 수술, 입원, 진료, 검진으로 이어지는 시간을 보낸 엄마는, 마침내 예후가 좋다는 담당 의사의 확답을 받고서야 집으로 내려갔다.

며칠 운동 삼아 동네를 걷거나 안방 돌침대에 누워 구들장을 지지던 엄마는 갑작스레 집 고추장을 만들어야겠다고 외쳤다. 처음에는 엄마의 부재로 아빠를 돌보기 위해, 그다음에는 허리 상태가 여전히 정상적이지 못한 엄마를 보살피느라 집에 머무는 기간을 며칠 더 늘려버린 나는, 어느 아침 댓바람부터 불어닥친 엄마의 행동력에 휩쓸려 고추장을 만들기 시작했다. 이른 아침, 엄마는 나를 다그치듯 깨웠고, 눈곱도 채 떼기 전에 마당 수돗가로 불러내서는 김장 김치 버무릴 때나 쓰는 대형 고무 대야를 씻으라는 명령을 내렸다. 고추장 만들기 전초전에 돌입한 셈이었다.

고추장 만들기는 얼핏 간단해 보였다. 김치냉장고 속에 저장해둔 햇고춧가루에 찹쌀풀과 메줏가루를 풀어낸 뒤 뭉근히 섞은 각각의 재료를 나무 주걱으로 천천히 휘젓고 나면 금세 끝날 일인 것처럼. 문제는 그다음이었다. 각각의 특성이 강한, 섞일 듯 섞이지 않는 이질적인 재료를 한데 모아 휘휘 젓다 보니, 대관절 이렇게 해서 고추장이 만들어지기는 할는지 의심스러워지기 시작했다. 의심과 호기심이 한데 뒤섞인 그것은, 가스레인지의 은근한 예열로 녹여낸 엿기름이 가미되면서 일순간 무화되었다. 액체 상태가 된 엿기름은 정량으로 계량하지 않고, 엄마의 눈대중에 맞춰 조금씩 조금씩 고추장에 가미되었다. 그때부터 내게 주어진 임무는 따로 노는 재료들이 한데 섞여 고른 점성의 고추장이 되게끔 나무 주걱으로 젓는 일이었다. 그것은 고추장을 만드는 과정 중, 참을 인 자를 머릿속으로 몇 번씩이나 새겨야 할 정도로 길고 지루한 노동의 시간이었다.

엄마는 당신의 새끼손가락을 맛의 가늠자로 삼았다. 고추장 맛 역시 기준이랄 것이 없었다. 오래도록 집 고추장을 만들며 단련되어온 엄마의 혀가 곧 정답이자 오답이었으므로. 엄마는 정답에 가장 최적화된 맛을 찾기 위해 초짜 조교인 나를 이리저리 굴리며 고추장을 힘껏 젓도록 지시했다. 그렇게 한참이나 공을 들였음에도 불구하고 묽지 않으면서도 되직한, 손가락으로 톡 찍었을 때 알맞은 점성을 띤 고추장이 되지 않았다. 마음이 다급해진 엄마는 한소끔 끓인 육개장 한 냄비를 나눠 먹기 위해 집에 들른 이웃집 창기 아줌마를 냉큼 붙잡았다.

음식에 대한 자부심만큼은 누구에게도 뒤지지 않건

만, 그날따라 엄마는 남 일에 사사건건 참견하길 좋아하는 창기 아줌마를 붙잡고 고추장의 뻑뻑한 기운을 잡아줄 방법이 없는지 차분히 물었다. 동네 어르신 중, 음식에 있어서는 가장 까다로운 입맛을 가졌다고 소문이 난 창기 아줌마는 새끼손가락으로 고추장의 간을 본 후 이렇게 말했다.

"소주 있어? 소주 한 페트 다 넣어보지?"

"한 페트를 전부?"

엄마는 의심을 지운 말간 얼굴로 곧장 창기 아줌마의 조언을 받아들였고 현관 구석에 놓인 1.5리터짜리 페트 소주를 고무 대야에 전부 쏟아부었다. 울컥울컥 소리를 내며 붉은색 고추장 속으로 투하된 알코올 덕분이었을까. 저으면 저을수록 뻑뻑해지기만 했던 고추장이 차츰 묽어지며 제 빛깔과 점성을 띠기 시작했다. 내겐 고추장의 점성을 개선할 비책 따윈 없었으므로, 그 순간 우리 동네에서 가장 집장을 잘 만들기로 소문난 두 어른의 노하우를 믿어보는 수밖에 없었다.

소주가 막 들어갔을 때는 고추장에서 쓰디쓴 날 알코올 기운이 그대로 느껴졌지만, 신기한 건 그 재료들을 한데 섞고 휘저을수록 내가 익숙하게 맛보던 달짝지근하면서도, 새끼손가락으로 꼭 찍었을 때 눈가가 살짝 찡그려질 정도의 매콤한 고추장으로 변신했다는 점이다. 몇 시간을 꼬박 공을 들였을까. 절대적으로 어울리지 않을 것 같았던 재료들이 조화롭게 뒤섞여 이윽고 고른 점성을 띤 고추장 한 대야가 완성되었다.

"옳지. 이만하면 됐다. 이만하면 충분해."

만족스러운 미소를 짓는 엄마의 지시에 따라 깨끗하게 씻어놓은 투명 플라스틱 용기 안에 고추장을 퍼 담기 시작했다. 처음에는 온 식구가 나눠 먹어도 좋을 정도로 양이 넉넉해 보였지만, 그득했던 고추장 한 대야는 여섯 통의 용기를 가까스로 채우는 데 그쳤다. 그중에 제일 큰 통은 아무래도 큰이모네로 갈 것이 분명했다. 나머지 다섯 통은 어디로 가게 될까? 서울 집이거나 엄마의 김치냉장고 속으로 들어갈 터였다.

* * *

고추장은 뚜껑을 며칠 열어두고 상온에 묵히며 구더

기가 슬지 않게 살피며 숙성을 시켜야 알맞게 맛이 든다고 한다. 아쉽게도 고추장이 큰이모네로 건너가는 모습을 보지 못한 채 바삐 서울의 일상으로 돌아왔다. 그 후 어느 날엔가 엄마와 통화하다가 문득 그날 만든 집 고추장이 큰이모에게 잘 전해졌는지 궁금해졌다. 그보다는 큰이모의 안부를 묻고 싶어서이긴 했지만.

"엄마, 큰이모한테 고추장 드렸어?"

"벌써 줬지."

"좋아하셨어?"

"류실이네 고추장이 제일로 맛있다더라."

"아암. 이번엔 조카가 도와줬으니 두 배는 맛있을걸. 큰이모는 어때?"

"에혀, 말도 마. 요새는 밥해 먹기도 그렇게 귀찮다고 하네. 다행히 주말마다 미경이가 꼬박꼬박 밑반찬 해 나른다고 하니 그나마 다행이지."

미경이 언니는 예천과 그리 멀지 않은 구미에 사는 큰이모의 막내딸이다. 문득 정 많기로 소문이 난 미경이 언니와 큰이모가 한데 모여, 엄마와 내가 만든 고추장을 듬뿍 퍼서 커다란 양푼에 담고 밥을 비벼 먹는 상상을 해보았다. 미리 불려둔 보리쌀 한 주먹이 섞여 들어간 갓 지은 밥, 텃밭에서 막 뽑은 열무를 쫑쫑 썰어 액젓으로 슬슬 무친 열무김치, 고추장에 참기름까지 더해 양껏 비벼 양 볼이 미어지도록 먹는 두 모녀의 모습을. 그렇게 해서라도 멀찌감치 달아난 큰이모의 입맛이 제자리를 찾아 돌아온다면 얼마나 좋을까?

자주는 아니더라도 여느 날의 어느 때가 되면 지척에서 만나 자연스레 한 끼 식사를 나누고, 세 자매가 두런두런 모여 앉아 앞으로도 오래오래 직접 만든 고추장을 나누어 먹고살 수 있기를, 고추장보다 붉은 핏줄로 맺어진 세 자매의 사랑이 오래오래 이어지기를 바라는 마음. 나는 요즘 엄마와 엄마의 자매들을 바라보며 그런 평범한 희망을 품는다.

충만했던 시절에 살짝 발을 담그듯

갱시기죽

그냥 아무것도 하기 싫은 날이 기습적으로 찾아왔다. 는개를 닮은 우울감이 쉼 없이 내리는 날, 축축하게 젖은 기분으로 하루를 고스란히 탕진하는 날. 그런 날들이 무력하게 이어졌다. 결혼하고 한동안 '평일의 요리사'가 되기를 자처했기에 후추통 하나 들 기력이 없을 정도로 '뭔가' 하기 싫은 시기가 이토록 아무렇지 않게 찾아오리라고 생각지 못했다. 나보다 한참 앞서 결혼한 큰언니와 친구들은 요리 실력 뽐내기 성수기인 이 시기를 신혼 초의 '소꿉놀이 시즌'이라 일컬으며, 임신 혹은 육아라는 변수가 생기면 자연스레 요리 의지가 급격히 꺾일 것이라고 예언했다.

한동안 요리가 재밌었다. 누구나 그러했겠지만 오롯이 내 취향으로 꾸민 작지만 충분한 공간인 부엌이 생겼기 때문이었다. 값비싼 브랜드는 아니지만 전적으로 내 선택이 반영된 색감과 재질의 식기들이 생긴 덕분이기도 했고. 그야말로 요리하고 싶은 욕구가 본격적으로 '뿜뿜' 샘솟은 것은, 비단 소꿉놀이 시즌의 영향 아래에 있었기 때문만은 아니었다. 요리 의지가 꺾인 것이 임신 혹은 육아라는 변수로 찾아온 것이 아니듯.

신혼 초에는 신혼집 언덕배기 아래 전통시장으로 자주 장을 보러 다녔다. 온라인 몰에서 식자재 목록을 검색한 후 부엌 서랍장을 꽉꽉 채워나가는 일에 제법 공을 들였다. '소꿉놀이'를 하는 심정으로 남편을 대동해 대형마트에 들러 카트 한가득 장을 봐 오기도 했다. 특히 대형마트에서 장보기는 나보다는 남편이 더 즐거워하는 일 중의 하나라, 그와 함께 장을 보는 날에는 언제나 예산을 가뿐히 초과하며 양손 무겁게 돌아오기 일쑤였다. 부지런히 장을 봐 온 식자재 안에서 삼겹살을 꺼내 굽고, 양념장을 만들어 앞다릿살 제육볶음을 재웠다. 엄마표 김치와 된장으로 김치찌개와 된장국을 끓였고, 남편이 맛있다고 한 식품 브랜드의 완제품을 구입하여 육개장과 곰국을 줄기차게 만들었다. 그야말로 '국' 마를 날 없는 상찬(上饌)의 날들이었다.

그러다가 사달이 났다. 그냥 아무것도 하고 싶지 않은 시기가 어떤 전조도 없이 불쑥 찾아온 것이다. 무기력이 원인이었다. 일순 이상하리만큼 기묘한 '무기력'에 붙들린 듯 사로잡혔다. 가스레인지를 점화하거나 환풍구 버튼도 누르고 싶지 않은 날들이 이어졌다. 그런 기분이었다. 밥값도 못 하고 사는 기분, 모든 걸 다 때려치우고 산으로 들어가고 싶은 기분.

먹는 데 뭐 그리 큰 의미를 두고 살아야 하느냐는, 스스로가 불러들인 수렁 같은 자괴감에 맞닥뜨린 것이다. 식재료가 똑 떨어지든 말든 장보기는커녕 온라인 쇼핑

몰을 들여다보며 필요 물품을 헤아리는 일조차 심드렁해졌다. 남편은 괜찮다고, 아무것도 하기 싫으면 아무것도 하지 말라며, 우리에겐 곧 죽어도 배민이 있지 않냐고 다독였지만, 그 어떤 위로도 자책감으로 꺾인 무릎을 일으켜 세우지 못했다.

그러던 중 단톡방에 메시지 한 통이 날아왔다. 무기력하게 드러누워 넷플릭스 재생 목록만 훑던 어느 날이었다.

[얘들아, 저녁 뭐 해 먹을 거니? 나는 갱시기죽 먹는다.]

채팅 창에는 엄마가 찍은 (해상도가 내 마음만큼이나) 잔뜩 흐린 사진 한 장이 첨부되어 있었다. 본가의 2인용 식탁에 엄마의 검은색 웍이 올라와 있는 게 보였다. 웬만해서는 밥상에 잘 등장하지 않는 묵직한 웍에는 김치죽과 엇비슷하게 생긴 잡탕죽이 고요히 담겨 있었다.

[엄마, 갱시기죽이 뭐야?]

[옛날에 우리 못살던 시절에 자주 끓여 먹던 것. 이상하게 오늘은 이게 먹고 싶어서 끓여봤지. 아부지는 모임에 가셔서 오늘은 내 끼니만 챙기면 된다. 신경 쓸 게 하

나도 없으니 세상 편하다.]

아빠는 읍내에 출타하신 듯했다. 오랜만에 아빠가 아닌 오롯이 자신만을 위한 밥상을 차렸기에 엄마는 아마 인증샷으로나마 자랑하고 싶었으리라.

아빠는 못살던 시절에나 먹던 별식을 좋아하지 않았다. 아빠가 보리밥을 드시지 않는 건, 소화가 잘되지 않는 꽁보리밥을 꾸역꾸역 먹으며 배고픔을 참아야 했던 어린 시절이 불쑥 떠올라서라고 했다. 그러니 아빠가 부재한 저녁에만 엄마는 오직 자신을 위한 식사를 준비할 수 있었으리라.

엄마는 가끔 자신이 지나온 시절을 추억하는 방식으로 옛날 음식을 종종 만들었다. 엄마는 나처럼 언어의 방식을 빌려 무언가를 기억하는 법이 없었다. 그저 한 시절 줄기차게 해 먹었던 음식에 기대어 잊히고 사라진 시절을 소환했다. 그 까닭에 특정 음식이 엄마에게는 옛 추억을 회상하기에 제격인 '소울 푸드'가 되었고, 아빠에게는 크게 떠올리고 싶지 않은 시절을 강제적으로 상기하는 '소울리스 푸드'가 되기도 했다.

'갱시기죽'은 처음 들어보는 음식 이름이었다. 엄마는 갱시기죽이 뭐냐는 물음에 묻지도 않은 레시피를 쭉 적어 단톡방에 보내왔다.

[밥 선낫, 김치 선낫, 감자나 고구마 선낫, 콩나물도 있음 선낫 넣고 끓이다가 수제비 넣거나, 없으면 라면이나 국수를 부셔 넣고 한 번 더 끓여내면 맛난 갱시기죽이 돼.]

경상도에서 '조금'이라는 뜻으로 쓰는 '선낫'이라는 부사를 남발하신 걸 보니 그야말로 눈대중으로 만들어야 할 요리 중 하나였다.

[웬만한 재료는 다 들어갔네.]

단톡방 너머의 딸이 한 손에 리모컨을 들고 기계적으로 반응하리라고는 전혀 짐작하지 못했을 엄마는 다시 한 번 메시지를 전송했다. 한편으로는 무력하게 누워서 톡톡 터치로 단답형 대답을 성글게 올리는 딸이 절로 죄책감을 느낄 정도로 정성스러운 레시피이기도 했다.

[대파도 한일자로 썰어 넣고 푹 끓이면 더 맛있어.]

심지어 '갱시기죽을 더욱 맛있게 먹는 방법'까지도.

[어, 엄마. 맛있게 먹어. 나는 벌써 저녁 먹었어.]

[오랜만에 먹으니 더 맛있네. 너도 한번 해 먹어봐.]

[응, 그럴게.]

해 먹지도 않을 거면서 말뿐인 말을 변명처럼 늘어놓은 후, 새우깡을 아작아작 씹으며 그날 저녁도 더욱 무력하게 건너뛰었다.

며칠이 흘렀을까. 이대로는, 정말 이대로는 안 되겠다는 생각이 들었다. 쌓여가는 배달용 플라스틱 용기를 보는 일도 고역이었고, 라면 냄비만 거무레하게 그을리는 일상에 '어떤' 돌파구를 만들고 싶었다. 남편이 출근한 아침, 방이란 방의 창문은 모두 열어두고 환기했다. 청소기를 돌리고 걸레를 빨아 바닥을 오래오래 훔쳤다. 서두르고 서둘렀음에도 어느새 점심시간이었고 어찌할 수 없는 허기가 찾아왔다.

그즈음 남편은 괜스레 눈치를 보느라 저녁을 먹고 들

어오거나 집에서 뭘 해 먹어도 꼭 시꺼먼 짜파게티만 끓여 먹어 내 속을 새카맣게 태우곤 했다. 모르는 척 애써 넘어가는 날도 많았다. 살다 보면 그런 날도 있는 법이지 싶어 모르는 척했다. 일단 내가 무력감을 털고 일어나는 게 상대도 덜 괴롭히는 일이 되지 않을까 싶어, 무력한 날들을 더욱 무력하게 보내는 방법을 선택했다.

처음에는 컵라면으로 대충 점심을 해결할 생각이었다. 그러다 냉동실에 얼려둔 밥이 생각났다. 냉장고 야채칸을 뒤지자 언제 샀는지 모를 변색 직전의 콩나물과 뭉크러지기 시작한 대파 몇 뿌리가 보였다. 김치야 김치냉장고에, 고구마야 고구마 상자에 넉넉히 들어 있으니, 이참에 엄마의 레시피로 갱시기죽이나 한번 끓여봐야지 싶었다.

처음 해보는 음식이었기에 재료는 딱 1인분만 준비했다. 참기름을 두른 후 어슷 썬 김치와 해동한 밥을 한데 볶았다. 어느 정도 볶았을 때 작은 냄비에 따로 끓인 멸치육수를 볶음밥이 푹 잠길 정도로 넉넉하게 부었다. 나박나박하게 썬 고구마가 얼추 익자 씻어둔 콩나물과 일자로 썬 대파, 국수 한 줌을 부셔 넣고 끓이기 시작했다.

국물이 졸아들기 전 웍 바닥에 밥알이 들러붙지 않을 정도로만 육수를 추가해 뭉근하게 저어주었다. 간은 맛간장과 조미료의 힘을 빌렸다. 일단 급격히 찾아온 허기를 달래는 일이 급선무였기에 신중히 맛을 가늠할 여유가 없었다.

엄마가 그랬듯 밑반찬 없이 갱시기죽이 담긴 웍만 테이블 위에 덩그러니 내려놓았다. 부모님 세대엔 어쩌면 먹을 것이 마땅치 않아 활용 가능한 모든 재료를 동원해 한 솥의 죽을 끓여냈을 것이다. 갱시기죽이 신기하게 느껴진 건, 먹기도 전에 익히 짐작되는 담백한 맛도 맛이었지만 예상을 뛰어넘는 불어난 양에 있었다. 재료는 모두 1인분씩 준비했음에도 불구하고, 푹 끓이고 나니 2인분을 넘어 3인분에 가까운 넉넉한 양이 되었다고나 할까? 뭐든지 부족하기만 했던 시절에는 어쩌면 질보다는 양이 중요하지 않았을까 싶었다.

맛을 가늠하기 위해 푹 삶긴 고구마부터 먼저 입에 넣었다. 고구마를 먹을 때 왜 포기김치를 곁들이는지 새삼 이해가 되었다. 고구마와 김치를 동시에 먹을 때처럼 새콤하면서도 다디단 밤양갱 같은 부드러움이 입안에서 절묘하게 어우러졌다. 쉬 물리지 않는 신김치와 뭉근해진 밥알의 조화도 일품이었지만, 갱시기죽의 화룡정점은 뭐니 뭐니 해도 콩나물과 파였다. 자칫 심심할 수 있는 식감 안에서 따로 놀듯 묘하게 어우러지며 콩나물의 아삭아삭함과 숨이 죽은 파의 부드러움이 '씹는' 재미를 더해주었기 때문이다.

실은 갱시기죽을 끓여 먹고 난 다음에도 한동안 무기력했다. 장을 보고 마트를 휘돌며 부엌 서랍장을 꽉꽉 채워 넣을 기운을 겨우 얻었음에도 불구하고, 어쩐지 마음 한구석은 빈한하기만 했으므로. 그래서 엄마에게 자주 전화를 걸어 이런저런 질문을 던졌던 것도 같다.

"엄마, 엄마는 먹을 것도 많은데 왜 하필이면 갱시기죽을 끓여 먹었어?"

"그냥, 옛날 생각도 할 겸. 네가 몰라서 그렇지, 옛날 음식이 얼마나 맛있는데."

"힘들었잖아. 뭐 좋았던 시절이라고. 아빠 봐봐. 보리밥 같은 건 전혀 안 드시잖아."

이해할 수 없다는 듯 불퉁거리는 반응에 엄마의 말은 길어졌다.

"야야, 지금도 힘들어. 살아보니까 안 힘들 때가 없더라. 젊어서는 젊느라 힘들고, 늙으면 늙느라 힘들지. 그저 오늘도 이렇게 일할 수 있어서 행복합니다, 하면서 그렇게 해 먹고 싶은 거 먹고 꿋꿋이 살아가는 거지. 인생 뭐 별거 있나?"

"그러게. 요즘 나는 그래. 돈도 안 되는 글 나부랭이 써서 뭐 하나 싶어."

"그래서 좀 걱정되긴 한다. 내 사는 동안 우리 예방구가 글 잘 써서 밥 잘 먹고 사는 모습 좀 봐야 할 건데."

"노력할 거야. 근데 잘 안될 수도 있어. 열심히는 써볼 테니까 너무 걱정하지 마."

'걱정하지 마'라는 말은 실은 엄마의 염려를 누그러뜨리기 위해서가 아닌 해이해지는 나를 단속하고 싶어 하는 것임을, 말의 이면에 대해서 크게 고민하기보다 오랜 세월 몸으로 체득한 행동력으로 과감히 보여주는 삶을 살아온 엄마는 끝내 모를 것이다. 그래서 엄마가 각 잡고 '예방구'라고 부를 때면 괜스레 어깻죽지에 힘이 실리곤 한다. 예방구는 엄마가 나를 부르는 애칭이고, 이 애칭은 아무 때나 나오는 법이 없다. 초등학교 때 친구들이 뻔질나게 부르던 별명을, 이제는 친구들조차 까먹었을 기억 속 별명을, 어느새 일흔이 넘은 엄마가 나를 힘차게 응원하고 싶어질 때마다 사용하고 있으므로.

엄마도 마음이 가난해지는 것만 같을 때 갱시기죽을 끓여 먹던 그 옛날의 그리운 기억을 소환해본 것은 아닐까? 비록 몸은 가난했지만 마음만은 가난하지 않았던 시절 속 음식을 지어 먹는 일만으로도 텅 빈 가슴을 흐뭇하게 채우는 일 같아서 말이다. 그래서 나는 엄마를 따라 잠시 그걸 흉내 내보는 것인지도 모르겠다. 설사 그 시절 속에 아주 잠깐 발을 들이는 데 그칠지라도. 때때로 그런 척 살다 보면 그것이 진짜 내 삶이 되기도 하니까.

PART 4

내 앞의 한 사람을
단단히 끌어안는 일

묵묵히, 묵묵히, 그렇게

꿀밤묵

그날 엄마는 뒷산 꿀밤을 줍기 위해 거추장스러운 핸드폰을 두고 갔던가 보았다. 굳이 상상하지 않으려 해도 어쩌고 있었을지가 훤히 그려졌다. 후드득 후드득 떨어지는 꿀밤을 주워보겠다고 무릎을 폈다 오므렸다 했을 엄마. 전화기 따윈 새까맣게 잊고 허리를 숙였다 폈다 했을 엄마. 꿀밤 한 되 주운 일을, 마치 승리한 전쟁터에서 전리품이라도 거둬들인 듯 우렁우렁한 목소리로 자랑하는 엄마.

시장에서 꿀밤 가루 한 봉지 샀으면 엄마의 몸도 내 마음도 편했을 텐데, 기어이 불편을 무릅쓰고 부득불 뒷산에 올라 꿀밤 주웠다는 이야기를 듣는 내내 어딘지 모르게 약이 올랐다.

"엄마, 무릎 아픈 것도 새까맣게 잊었지?"

"운동 삼아 갔어."

"허리 아픈 것도 그만 다 잊어버렸지?"

"운동한 건데?"

"운동은 무슨 운동이야, 노동이겠지."

일평생 운동은커녕 노동만 해와서, 노동과 운동을 모호하게 구분 지어 딸 속을 새까맣게 태우더니, 마음 편하자고 잔소리 좀 올려붙이면,

"야. 솔직한 말로 오리지널 먹기가 어디 수월하나?"

어느새 엄마는 '오리지널' 타령 속으로 꼭꼭 숨어버리는 것이다.

* * *

엄마는 편법을 모르는 사람이다. 내가 아는 사람 중,

제 할 일을 우직하게 '뼈를 세워' 하는 사람이 있다면 그건 바로 엄마일 것이다. 엄마는 자신의 눈으로 보고 손으로 만진 것만 '진짜'로 쳤다. 삼촌은 그런 엄마에게 "우리 형수는 가난한 류씨 집안을 일으킨 소 한 마리"라고 했다. 나는 삼촌의 에두른 표현으로는 도무지 가늠할 수 없는 엄마의 고달픈 삶이 '소 한 마리'라는 단어에 응축되어 떠올라 그 소리가 정말 죽기보다 듣기 싫었지만, 어쩌겠는가. 뙤약볕 아래에서 엉덩이를 꼭 붙이고 앉아 수박 순을 묵묵히 쳐내고 있는 엄마를 바라보면, 저 사람이 밭을 가는 소 한 마리의 정신으로 버티지 않는 이상, 어떻게 이 일을 해낼 수가 있을까 싶어지는 것이다.

"방앗간에 가잖아? 제대로 씻지도 않은 깨 한 주머니 들고 온 아줌마들이 수두룩해. 어유, 더러워라. 그걸로 자식새끼 해 먹인다고 설치는 거 보면 눈꼴사나워."

엄마는 뼈를 세워 자신의 기준을 만들어왔기에, 남들을 볼 때도 마찬가지로 자신의 '자'를 갖다 대어 가치를 책정했다. 자식이라고 예외일 순 없었다. 노력한 놈인가, 아닌가. 오리지널을 먹을 만한 인성을 가진 놈인가, 아닌가.

특히 가족이 먹는 것이라면 유독 심하다 싶을 정도로 까다로운 기준을 갔다 댔다. '사 먹는' 것보다 '해 먹는' 것을 더욱 가치 있는 일로 여기는 엄마에겐, 반찬 한 가지 만드는 일이 세상 복잡해 보여도 우회하지 않고 자신의 사랑을 표현하는 방법이었다. 그 일에 엄마는 그 누구보다 열성적이었고, 때때로 '지긋지긋하다'는 표현 속으로 도망치긴 했지만, 그것이 진실로 도망치고 싶어서 내뱉는 사람의 가여운 육성으로만 들리지 않았다. 그래서일까? 같은 희생을 치러왔어도 아빠보다 엄마를 유독 안쓰러워했다. 엄마는 생존의 다양한 영역 중에서도 품이 가장 많이 드는 '먹는 것'까지 책임진 사람이었기에.

"솔직히 말해봐. 엄마, 꿀밤 줍는 거 재밌어서 갔지?"

"재밌지. 그런데 말이야, 세상사 어디 재미로만 할 수 있는 일이 있나. 나도 먹고, 너희도 해주고, 남으면 이모랑 나눠 먹기도 하고, 그 마음으로 가는 거지."

"뱀 조심 해야 돼."

나는 '몸' 조심하라는 말을 '뱀' 조심하라는 당부로 얼렁뚱땅 넘겨버리고,

"오냐, 걱정하지 마. 요량껏 한다."

엄마는 '헤아리며 하겠다'는 지키지도 못할 말을 내뱉은 후, 딸의 불안일랑 넙죽 넘겨버린다.

지금은 남편이 된, 당시에는 남자친구가 우리 집에 처음으로 인사를 하러 온 날이었다. 그날따라 갑작스러운 한파로 귓불이 떨어질 듯 매서운 칼바람이 불었는데, 마음속으로는 아빠가 남자친구를 싫어하면 어쩌나, 엄마가 남자친구를 마음에 안 들어 하면 어쩌나 싶어 (조금 늦은 나이에 결혼을 준비하는 입장이 되어 더욱 긴장해서였는지 몰라도) 머릿속은 펄펄 끓는 주전자처럼 열이 오를 대로 올랐다.

엄마는 전날부터 번거로운 일이라고 하면서도 "그렇다고 손님상을 어데 대충 차려낼 수 있냐"라며 마트 진열대에서 가장 비싼 문어 한 마리를 사고, 분주하게 움직여 육개장 한 솥을 끓여냈다. 종종거리는 폼이 어쩐지 그걸로 부족하다 싶었는지, 기어이 묵을 쑨다고 전기밥솥을 꺼냈다. 엄마는 늦가을, 막내딸의 걱정을 뒤로한 채 뒷산에서 주운 한 되의 꿀밤으로 만든 가루를 풀어 묵을 쒔다.

"이거 봐봐. 이게 바로 오리지널이야. 묵 색깔이 말간 게 끝내주지?"

그도 그럴 것이 엄마가 쑨 묵에는 별다른 재료랄 것이 없었다. 꿀밤 가루와 물이 전부였다. 사실, 진짜 중요한 것은 따로 있었다는 걸, 늦은 저녁 엄마가 묵을 쒀대는 모습을 보면서 알게 되었다.

그건 자세히 보지 않으면 알아챌 수 없었다. 엄마는 좋아하는 일일연속극을 보다가도 밥솥을 열어 묵을 저었다. 저녁 아홉 시도 안 돼 입이 찢어지게 하품을 하면서도 묵을 저었다. 멀겋기만 한 묵이 뻑뻑하게 되질 될 때까지 젓고 또 저었다. 모로 누운 채 깜빡 잠든 엄마가 묵을 젓는다고 부스스 몸을 일으킬 때, 어쩔 수 없이 입 밖으로 끄응차 하며 뱉은 숨을 뱉어낼 때, 엄마의 몸은 기름칠이 필요한 낡은 기계 같았다. 곧이라도 운행을 멈춰버릴 것 같은 낡은 기계…….

* * *

다음 날, 엄마는 남자친구와 아빠가 대화를 나누는 모습을 묵묵히 바라보기만 했다. 평소 수다스러운 양반이 입을 꾹 다물고 있는 모습이 어쩐지 신기하고 웃기기만 해서, 식사와 다과를 마친 남자친구가 늦은 오후 서울로 올라가고 나서야 속 이야기를 차분히 꺼내볼 수 있었다.

"엄마, 왜 그렇게 가만히 있었어? 가만히 있길래 나는 울 엄마는 어디 가고 가마니만 있는 줄로 알았네. 들들 볶으며 으름장 놓을 줄 알았더니."

"그놈이 깨라? 들들 볶긴 뭘 볶는다고 그래. 아빠가 그러더라. 하고 싶은 말이 있어도 좀 참으라고. 가족 될 사람에겐 첫인상이 오래간다고."

물론 엄마가 아빠의 당부처럼 영영 입을 꾹 다물고 있었느냐면 그건 아니다. 엄마는 그날 이후부터 결혼 전까지 남자친구를 만날 때마다 속엣말을 곧잘 뱉어냈다. 심장이 덜컥 내려앉았다가, 간이 콩알만 해졌다가, 이래서 곧 죽어도 결혼 두 번 못 하겠다는 말이 나오는 건가 싫어지는 말들을 기세 좋게 쏟아냈다.

"이 천지 분간도 못 하는 게, 자네 좋다고 하니까 보내려고 마음먹은 거야. 고생이라도 시켜봐봐? 얘 아빠가 바로 집으로 데려온다고 난리 칠걸. 자네, 내 말 무슨 말인지 알아들었어?"

어떻게 들으면 딸 가진 엄마의 (전형적인) 유세 같기도, 어떻게 들으면 부모가 걱정할 거리 만들지 말라고 미리 올려붙이는 잔소리 같기도 한 그 말을, 엄마는 결혼 전까지 반복해서 남자친구에게 했다. 그때의 당부가 어쩌면 썩 유쾌하지 않았을 법도 한데, 남자친구는 엄마를 그다지 어려워하지 않았다.

"엄마가 착각하는 게 있는데 이 사람이 훨씬 더 날 좋아한다니까."

"그래? 내 눈엔 그렇게 안 보인다."

엄마의 냉담한 말투에 서운함을 느꼈을 수도 있었지만, 그때의 자기 마음이 어땠는지를 굳이 내색하지 않을 만큼, 모로 가지 않는 엄마의 직설적인 화법에 담긴 의중을 깊이 헤아렸던 탓일까?

인사를 드리러 온 날 뒷이야기를 조금 더 하자면, 남

자친구는 꼬리에 꼬리를 물고 이어지는 아빠의 이야기에 세 시간가량 꼬박 붙들려 있었다. 육개장 한 그릇이 코로 들어가는지 입으로 들어가는지, 문어 다리가 열 개인지 여덟 개인지 제대로 헤아릴 겨를이 없었다. 한 자리에 엉덩이를 꼭 붙이고 앉아 호메로스의 대서사시에 버금가는 아빠의 70년 인생사를 듣느라 영혼이 털털 털린 값으로, 그는 꿀밤묵 두 모를 받아 갔다. 늦었으니 한사코 자고 가라는 부모님의 청을 결국 뿌리치고, 남자친구는 늦은 저녁 서울로 출발했다. 두 분 눈에는 넙죽 자고 가겠다고 대답하지 않는 그의 신중한 태도가 싫지 않았던 모양이다.

서울로 돌아간 남자친구에게 늦은 밤 전화가 걸려 왔다. 잘 왔다는 인사와 함께.

"꿀밤묵에 상추 썰어 넣고, 양념장 맛있게 해서 먹으려고. 울 엄마도 묵 되게 좋아하시거든. 잘 먹겠다고 어머님께 꼭 전해드려."

그날 한 그릇의 육개장보다 뜨거운 당부의 말을 훌훌 배 속으로 삼킨 남자친구는, 꿀밤묵까지 넙죽넙죽 받아먹고도 몇 번 더 엄마에게 영혼이 털린 후, 다음 해 가을

나의 남편이 되었다. '결혼'이라는 우여곡절을 겪으며 서로를 더 아끼고 살아야겠다는 마음을 먹게 된 덕분일까. 아니면 부모님의 당부를 가슴 깊이 새겨들은 덕분일까. 모르긴 몰라도 첫 만남에 꿀밤묵 두 모를 받아먹어서일 것이라고 생각하기로 한다. 남편은 묵묵히, 한 모의 꿀밤묵처럼 묵묵히 내 곁을 지켜주고 있다.

누군가를 대접하는 즐거움에 대해

시금치 파스타

친구 J는 언덕배기 신혼집에 놀러 온 두 번째 손님이었다. 손님 맞을 준비를 하면서 늘 고민하게 되는 부분은, 누구나 그렇겠지만 메뉴를 고민하고 선정하는 일이었다. 더구나 J는 그해 초부터 비건을 지향하고 있었다. 육류를 끊은 그가 연말쯤 달걀을 비롯한 모든 유제품을 먹지 않는다고 이야기했을 때 메뉴에 대한 고민이 좀 더 깊어질 뻔했으나, 크게 고민하지 않고 재빨리 결론을 내렸다.

“아! 그렇다면 시금치 파스타 어때요?”

배달 음식은 간편한 선택지였지만 비건을 지향하는 친구를 위해 배달 앱을 켜고 수백 개의 메뉴 앞에서 시간을 낭비하는 우를 범하고 싶지 않았다. 무엇보다 집들이 명목으로 초대하는 입장이 되고 보니, 되도록 직접 만든 음식을 대접하고 싶었다. 다행히 J는 나의 제안에 선뜻 ‘좋아요!’ 하고 긍정의 사인을 보내주었다.

그즈음 시금치에 ‘미쳐’ 있었다. 시금치를 활용한 음식을 집중적으로 해 먹기 시작한 것은 단순한 해프닝에서 비롯됐지만. 엄마가 가을걷이가 끝난 후 겨우내 노는 텃밭에 시금치를 심은 덕에, 밭에서 갓 뽑은 시금치를 수시로 공수받을 수 있게 된 것이다.

“시금치가 보들보들해서 먹기가 좋은데…… 보내줄까, 말까?”

“에이, 번거롭게. 사 먹을게.”

12월 들어 시금치가 제철이었다. 동네 마트 야채 코

너에 작은 언덕처럼 그득그득 쌓아두고 판매 중인 시금치를 한두 번 사서 나물로 무쳐 먹었지만, 생각처럼 맛있지 않았다. 요령이 부족했는지 야채칸에 넣어놔도 이파리는 쉽게 뭉크러졌다. 숨도 맛도 죽은 시금치를 심폐소생하겠다고 소금, 간장, 통깨, 들기름을 양껏 넣어 조물조물 무쳐보아도 결과는 매번 참담했다. 대체로 간이 덜해 밋밋하거나 혀가 놀랄 정도로 쨍한 짠맛이 느껴졌다. 당장 버리기엔 아까워 시금치 무침을 냉장고 속에 처박아 두었다. 냉장고 속 시금치는 새로 만든 반찬에 밀려 이리 치이고 저리 치이다 고스란히 음식물 쓰레기통에 버려지기를 반복했고, 그러던 어느 날 엄마에게 연락이 온 참이었다.

"못다 먹어서 보낸다는 걸, 그냥 군말 말고 받아먹어. 서울 채소 값이 금값 아니니?"

"아휴. 말해 뭐 해. 보내주면 감사히 먹을게."

그렇게 얼마 지나지 않아 신선한 제철 시금치가 뭉텅이째로 배송되어 날아왔다. 품이 넉넉한 김장 봉투를 한가득 채운 양이었다.

"흙 안 나올 때까지 살살 씻어서 먹어. 무공해라, 무공해.”

아마 그때부터였을 것이다. ‘제대로’ 시금치 요리를 해보고 싶어진 것은. 시금치로 만들 수 있는 반찬류와 국류는 적지 않았지만, 좀 더 색다른 요리에 도전하고 싶었다. 이러저러한 검색 끝에 시선이 머문 곳은 한 음식 블로거가 여러 장의 이미지와 함께 정성스레 올린 시금치 파스타 레시피였다.

시금치 파스타의 재료 준비는 간단한 편에 속했다. 올리브오일, 진간장, 편마늘, 굴 소스면 충분했던 것. 살림이란 걸 하게 되면서 통마늘은 거의 상비하는 편이라 편마늘 준비는 식은 죽 먹기였다. 그렇게 시금치 파스타는 내 기준, 언제 어느 때든 먹기 쉬운 ‘요리’로 정착하게 된 셈이었다. 그즈음 남편을 기미 상궁 삼아 시금치 파스타를 해주고 반응을 살피며 손님 접대 요리로 내놓을 용기를 낼 수 있었다. 문제는 J가 시금치 파스타의 핵심인 굴 소스를 먹지 않는다는 사실이었다. 이가 없으면 잇몸으로, 아쉬운 대로 엄마표 맛 간장을 활용하기로 했다.

“고마워요. 이렇게 메뉴를 미리 물어봐줘서.”

J는 크리스마스를 앞둔 어느 날, 언덕길의 찬 바람을

뚫고 신혼집을 찾아왔다. 그는 메고 온 백팩을 풀어 한살림에서 샀다는 유기농 귤 한 봉지와 후식용 쿠키를 주섬주섬 꺼냈다.

"찾아오는 데 힘들지 않았어요? 골목길도 복잡하고 지대가 좀 높은 편이라……."

"제주 돌아와서 살던 우리 집 생각나요? 거기 비하면 예지 씨 집은 대로변에서도 멀지 않고 가깝던데요?"

생각해보니 J도 제법 지대가 높은 집에서 살았다. 원래부터 서울 사람인 J는 결혼 후 제주에서 신혼생활을 시작했다. 그러다가 몇 년 전 다시 서울로 돌아왔다. 이사한 지 얼마 안 된 그 집에서 하룻밤 묵었던 초여름 밤이 생각났다. 전날 마신 술의 숙취로 깨질 것 같던 머리를 감싸 안고 게슴츠레 눈을 떴을 때, 맨 처음 눈에 들어온 것은 광목천으로 만든 커튼이었다. 천과 천 사이로 환한 빛이 어슴푸레 스며들던 방, 뭐든 먹어야 하지 않겠냐고 나를 깨우던 J의 목소리. 남의 집에서 태평하게 늦잠까지 자버린 나는 J네 부부와 함께 숙취 해소용 라면을 끓여 먹었다.

버스 정류장에 데려다주겠다는 J를 따라 가파른 언

덕을 내려오던 기억이 어제 일처럼 선명하게 떠올랐다. J는 서울로 복귀한 지 얼마 되지 않았는데도 동네 곳곳의 숨은 명소를 훤히 꿰뚫고 있었다. 자주 들르는 카페, 동네 책방의 위치 같은 것. 그때는 깨지 않는 숙취 때문에 어물어물 흘려들었던 그 말이, J의 한마디에 '불쑥' 소환되었다.

그날 대접한 시금치 파스타는 '실패작'이었다. 올리브오일에 볶은 편마늘도 그렇지만 시금치를 느긋하게 볶은 탓에 숨이 완전히 죽어버린 탓이었다. 면수 조절까지 실패해 탱글탱글해야 할 면발이 금세 눅눅해졌다. 역시 시금치 파스타의 맛은 굴 소스가 결정짓는 것인지 엄마표 간장만으로는 시금치 파스타의 찝찔하면서도 담백한 특유의 면발 맛이 구현되지 않았다. 그러거나 말거나 J는 그날의 메인 요리였던 시금치 파스타가 담긴 접시를 천천히, 깨끗이 비워냈다.

점심상을 물린 우리는 (신혼집 첫 손님이었던 친구 H 부부에게) 선물 받은 원두로 내린 드립 커피와 유기농 귤을 조금씩 까먹으며 남은 오후를 보냈다. 투박하게 생겼지만 탄탄한 과육에 다디단 식감의 귤은 그날의 환담에 더할 수 없는 후식이었다.

이른 점심에 왔던 J가 부스스 자리를 털고 일어난 건 저녁을 앞두고서였다. 이번에는 내가 그를 바래다주기 위해 언덕 아래의 버스 정류장까지 따라나섰다. 물론 그때의 J처럼 이 골목길에는 무엇이 있고 무엇이 없는지를 근사하게 설명하지는 못했다. 나는 그때까지 신혼집과 신혼집을 둘러싼 주변 환경에 제대로 적응하지 못하고 있었기 때문이다.

몇 시간 후, 볼일을 보고 집으로 잘 돌아왔다는 J의 메시지를 받았다. 하지만 그이로부터 '진짜' 메시지가 날아온 것은 다음 날이었다.

아침에 일어나서 어제 예지 씨와 함께 보낸 시간을 다시 상기해보았어요. 어제 만난 예지 씨가 꼭 장소 같다고 느껴졌어요. 품이 있는, 볕도 드는 공간. 신기하게도 예지 씨가 이층집에 살던 때와 끈끈하게 연결되는 것 같았어요. 예지 씨가 어디 있든

예지 씨가 집이다. 그런 잠정적 결론을 내렸던 것 같아요.

여기에서 말하는 이층집이란, 서울에서 살았던 두 번째 집을 말한다. 그러고 보니 J가 그 이층집으로 딱 한 번 놀러 온 적이 있었다. 세 남매가 모여 살았기 때문에 늘 복작였던 그 집에 나는 단 한 번도 친구나 지인을 초대하지 않았다. J가 선뜻 놀러 오겠다고 했을 때 고민이 되었다. 해줄 음식도 마땅치 않았거니와, 대화를 나눌 공간조차 제대로 확보하지 못한 집이라는 생각이 들었기 때문이다. 마치 신경 쓰이는 중요한 친구를 초대한 초등학생처럼, '혹시 우리 집을 싫어하면 어쩌지?' 하고 걱정하기도 했다.

그날, 떡볶이가 먹고 싶다고 말한 J를 위해 국물 떡볶이를 준비했다. 밀떡과 부산 어묵이 들어간 가장 기본적인 재료로 성글게 끓여낸 떡볶이였다. 편한 게 편한 거라고 변변한 입식 테이블도 없이 좌식 나무 밥상에 덜렁 떡볶이가 든 프라이팬을 부려놓고 한창 수다를 떨었다. 그때의 J가 그 집에 살던 나를, 나조차 잊고 지낸 그 시절 속의 나를 불쑥 소환해준 것이다. 곧바로 답장을 보냈다.

눈을 떴을 때 광목천 커튼이 보이던 집을, 더는 그곳에 살지 않는 J를 떠올리면서.

제주에서, 은평에서, J 씨의 공간은 늘 J 씨에게 맞춤옷처럼 잘 어울렸지요. 이곳이 저의 몇 번째 집이 될지는 모르겠지만, 살아가는 동안은 그 장소가 곧 저일 수 있도록 잘 가꾸고 살아가 볼게요. 또 놀러 와요.

비밀 하나를 새삼스레 고백하자면, 나는 신혼집의 첫 번째 손님이었던 친구 H 부부에게도, 네 번째 손님이었던 동생 S 부부에게도 시금치 파스타를 대접했다. 서로 접점이 없는 사람들이기에 가능한 일이었다. 그때 대접한 시금치 파스타에는 풍미를 돋우기 위해 굴 소스를 양껏 넣거나, 토스터기로 구운 식빵을 내가며 데코레이션에 살짝 '변주'를 주기도 했다. 모두 처음 먹어보는 파스타여서 신기했는지 거듭 레시피를 물어 갔지만, 집에서 직접 요리를 해 먹는 일에 그 누구보다 진심인 두 부부가 시금치 파스타를 해 먹었는지는 알 수 없다.

조금 쑥스러웠던 것 같다. 별로 대단하지 않은 요리

를 대단하다고 추켜세워준 나의 친구들이. 나는 여전히 무언가를 그리 능숙하게 대접하지 못하는 사람이고, 지금도 종종 그런 느낌에 사로잡힐 때가 있다. 나이를 먹어서도 여전히 사람들을 대접하는 일에 서투름을 느끼지만, 그럼에도 불구하고 오랜 세월 나를 지켜봐준 사람들에게, 난생처음 나만의 방식으로 대접할 음식이 생겼다는 사실이 어쩐지 기뻤는지도 모르겠다.

그건 J의 말처럼 나를 닮은 '공간'이, 공간을 가꾸려고 노력하는 넉넉한 '품'이 생겨서라고 감히 생각한다. 그리고 나는 내 방식대로 이 집에서의 삶에 찬찬히 적응하는 중이다. 단 하나 확실한 건, 처음보다는 시금치 파스타를 잘 만들게 되었다는 것이 아닐는지. 내 요리 실력은 조금씩, 천천히 달팽이의 속도로 나아지고 있다.

가장 나중까지 지녀야 할 맛

배추적

“형수님, 배추적 합니까? 하면 되는대로 많이 좀 부쳐놔요.”

엄마는 설 명절이 지난 후, 할아버지 기일 제사를 앞둔 아침나절 걸려 오는 삼촌의 연락을 특히 반겼다. 구로구의 한 재래시장에서 생선 가게를 오랫동안 운영해온 삼촌이 설 대목 장사를 마치고 할아버지의 기일 제사를 치르기 위해 내려온다는 것은, 트렁크 한가득 실려 올 온갖 귀한 생선을 맛볼 수 있는 시간이 얼마 남지 않았다는 희소식이기도 했다.

이웃 도시가 간고등어로 유명하다지만 경상북도 내륙에 있는 시골 마을에서 이때 맛보는 싱싱한 생물 고등어 맛과 감히 비교할 수 있으랴. 그래서일까. 우리 가족 가운데 특히 엄마는 삼촌보다 삼촌의 트렁크 속을 좀 더 기대하는 눈치였는데, 아무래도 일 년 중 그날만큼은 일곱 명의 대가족이 배불리 생선을 맛보는 날이었기 때문이다.

"암요, 삼촌. 배추적 많이 부쳐놓을 테니 어서 와서 많이 잡솨요."

양반다리를 한 채 반나절 동안 엄마 옆에서 전 부치기를 돕느라 꼬박 붙들려 있던 나는, 언제나 그 대목에서 고개를 갸웃거렸다. 왜 삼촌은 맛살, 햄, 우엉, 파가 색색들이 들어간, 그래서 부치는 동시에 우리 네 남매의 손이 먼저 가는 꼬치전이나, 입안에 넣는 족족 살살 녹아버리는 하얀 튀김옷을 입은 오징어튀김보다, 소금물에 숨이 죽은 배춧잎을 밀가루와 부침가루를 갠 반죽 물에 대충 묻혀서 부쳐낸 (맛도 모양도 심심하기 그지없는) 배추적을 찾는 것일까?

그러다가 비죽이 고개 드는 건, 삼촌을 향한 고약한 마음이었다. 다들 왜 맡겨놓은 사람처럼 엄마한테 배추적을 부쳐달라고 하는 거지? 이놈의 전 부치기는 언제쯤 끝나려나. 이제 곧 있으면 〈머털도사〉 할 시간이 다 되어가는데.

설 연휴가 끝나고 꼭 닷새 뒤에 치러지는 할아버지의 제사에 맞춰 고향 집을 방문하는 삼촌은 그때마다 엄마가 부친 배추적을 찾았다. 명절 대목을 핑계로 돈을 벌겠다고 노모조차 제때 뵙지 못하는 자식으로서의 죄책감 때문일까. 무거운 마음만큼, 삼촌은 동네의 모든 어르신까지 챙길 수 있을 정도로 어마어마한 양의 생선을 실어 오곤 했다. 그날 새벽에 들어온 물건 중에 가장 질이 좋은 고등어와 조기, 굴비, 냉동 오징어, 굴 등이 한 아름 포장된 아이스박스를 실은 차가 마당으로 들어오면, 버선발로 뛰어나가는 건 언제나 엄마의 몫이었다.

그러는 동안 낡은 트럭이나 소형 승용차를 끌며 장사

를 하던 삼촌의 차는 매끈한 검은색 세단으로 바뀌었다. 이십 년 동안 성공적으로 운영한 생선 장사를 접겠다고 공표하던 날, 삼촌의 머리는 어느덧 희끗희끗 세어 있었다. 젊은 부부에게 생선 가게를 임대하고 숙모와 함께 건어물 가게를 열기 전까지, 비릿하고 고릿한 냄새를 풍기는 생선 배달은 오랫동안 이어졌다. 아마 모르긴 몰라도 그간 엄마가 가족을 위해 부쳐낸 배추적의 양이 배추밭 한 뙈기를 이루지 않았을까 싶을 때쯤, 나는 그 긴 세월 동안 깨닫지 못한 사실 한 가지를 발견했다.

'참 신기하지. 엄마는 왜 단 한 번도 우리에게 배추적 부치는 일을 시키지 않았을까?'

엄마는 시집온 이후 일 년에 꼭 두 번의 차례와 한 번의 제사를 치러냈다. 그때마다 빼놓지 않고 차례상에 올라오는 것이 엄마가 부친 배추적이었다. 배추로 부쳤으면 배추전이라고 부르면 될 것을, 왜 이 지역 사람들은 '배추적'이라고 부르는 걸까 의아해하기도 했다. 투박한 이름만큼이나 저간의 사정이 이해되지 않았다. 도시 사람들이 보기에 시골에서는 먹을 것이 없어 배추로 전을 부쳐 먹는다고 오해를 살지도 모른다는 두려움이 은연

중에 깔려 있었던 걸까. 그러다 엄마가 처음 배추적을 부쳐 먹기 시작했다는 나이인 서른 언저리가 됐을 무렵, 배추적이 경상도 지역에서 명절에 주로 해 먹는, 향토색이 짙게 반영된 음식이라는 것을 알게 되면서, 배추적 특유의 깊은 맛을 알지 못하는 도시 사람들에게 묘한 우월감을 느끼곤 했다. 이제는 엄마의 도움 없이도 꼬치전, 동태전, 쥐포전 등을 능숙히 만들 수 있게 되었지만, 그래서 더 궁금했다. 한눈에 보기에도 크게 품이 들지 않는 배추적을 엄마는 왜 우리에게 단 한 번이라도 부쳐보라고 권하지 않았을까?

몇 년 전 추석이었다. 엄마는 그해 둘째를 낳은 큰언니의 산후조리를 돕겠다고 중국 상하이로 떠났다. 작은언니까지 동행한 터라 그해는 처음으로 추석 차례며 할머니의 기일 제사를 건너뛰었다.

냉장고를 여닫으며 입맛만 다시다 처음으로 배추적을 부쳐보겠다고 난리를 피웠다. 배추는 넉넉했고 마트에서 가장 손쉽게 구할 수 있는 것이 부침가루와 밀가루니만큼 그깟 배추적 좀 부쳐 먹는 일이 대수려나 싶었던 것이다.

엄마와의 긴 통화 끝에 배추적 레시피도 알았겠다, 서랍장 속에 고이 잠자고 있던 널따란 부침용 프라이팬을 꺼냈다. 문제는 그다음이었다. 밀가루와 부침가루를 적절한 양으로 아무리 개도, 엄마가 말하는 묽지 않으면서도 걸쭉한 질감의 반죽이 만들어지지 않았다. 배추는 어떤가. 배춧잎이 적절하게 숨이 죽었을 때를 간파해야 했는데, 이르게 소금물에 담가놓은 배추는 줄기마저 흐물흐물해진 뒤였다.

그러나 이대로 포기할 수는 없는 법! 나는 달궈진 프라이팬에 서둘러 식용유를 둘렀다. 자글자글 기름이 끓어오를 때쯤, (아주 잠깐, 수십 년 동안 배추적을 부쳐온 엄마로 빙의해) 배춧잎 한 장 한 장을 반죽 물에 묻혀 프라이팬에 살포시 올렸다. 긴장으로 졸아든 심장을 부여잡고 프라이팬에 올려둔 배추적을 뒤집고 나서야 알아챘다. 힘을 잃고 흐물흐물해진 이것은 배추적도 배추전도 아닌, 배추 뭐시기구나……. 밀가루와 식용유가 뒤섞여 난

장판이 된 가스레인지를 보며 참담한 심정이 되었다.

* * *

그날 저녁, 엄마가 해두고 간 밑반찬을 모조리 꺼내 늦은 저녁상을 차렸다. 밥 한 숟가락을 겨우 떴을 때, 문득 아무렇지 않게 지나쳤던 그 옛날 설 풍경이 떠올랐다. 그때는 할머니도 살아계셨고, 우리 네 남매는 어렸다. 삼촌의 생선 배달도 꾸준히 이어지던 때라, 가족이 한데 모이면 복작거리는 명절 분위기가 연출되곤 했다.

그날, 차례상에 올라갈 전을 부치고 난 후 이른 저녁을 차렸다. 새벽부터 이른 오후까지 종종거리고도 힘이 남아돌던 젊은 엄마는 두꺼운 도마를 꺼냈다. 미리 갈아 놓은 부엌칼로 전을 큼지막하게 썰어 접시에 부지런히 담아냈다. 그런데 엄마는 배추적을 담을 때만큼은 칼자루를 놓았다. 기름이 잔뜩 묻은 손으로 뜨거운 김이 모락모락 피어오르는 배추적을 쓱쓱 찢어 손가락에 둘둘 두르고는 네 남매의 입에 투박하게 밀어 넣은 것이다.

“잘 봐. 배추적은 요렇게 찢어 먹어야 세상에서 젤로

맛있어."

먹기 전에는 그 압도적인 크기에 한껏 미간을 구겼지만, 입속에 배추적이 한가득 들어차는 순간에는 이내 생각이 바뀌었다. 이런 맛이었구나 싶어서. 입에 넣자마자 사르르 녹는 오징어튀김과는 맛의 밀도부터 달랐다. 아삭하고 시원한 배춧잎과 부드럽고 고소한 부침가루가 한데 어우러지며 퍼지는 기묘한 향취는 또 어떤가. 입안 가득 밀어 넣은 배추적을 씹고 삼키느라 한껏 부푼 뺨을 보며 엄마는 웃음을 터트렸고, 우리는 그런 엄마를 따라 웃느라 배추적을 입안에 가득 담은 채로 컥컥거렸다. 기억 속 그 일을 가만히 떠올리면, 세상모를 단 하나의 이치를 자연스럽게 깨우칠 것도 같았다. 엄마가 굳이 우리에게 배추적 만들기를 시키지 않은 이유. 그건 배추적 부치기가 어려워서만은 아닐 거라고. 그저 배추적만큼은 가장 나중까지 손수 부쳐 자식의 입에 직접 넣어주고 싶었을 것이라고. 할 수 있는 한, 최대한으로 미뤄서라도 배추적의 맛만큼은 오래오래 가족에게 전하고 싶었을 것이라고.

무상하게 흘려보낸 삼촌의 모습이 홀연 포착된 일 역

시 마찬가지다. 할아버지 기일 제사를 치르기 위해 연휴의 열기가 빠져나간 고향 집을 뒤늦게 방문한 삼촌은 시장통 장사꾼의 허름한 작업복을 벗어 던진 단정한 양복 차림이었다. 빳빳하게 날이 선 양복 바짓단 아래로 잘 닦아놓은 검은 구두가 반들반들 빛났다. 그러나 매끈한 양복으로 때에 찌든 작업복의 삶을 가릴 수는 있었어도, 집에 들어서자마자 밀려오는 허기만큼은 차마 어찌할 수 없었던가 보았다. 평상복으로 채 갈아입지 못한 그는 셔츠 단추 사이에 넥타이를 살포시 끼운 채 밥상 앞에 주저앉았다. 그러고는 다른 음식에는 일절 손도 대지 않고 쟁반에 수북이 담긴 배추적만 허겁지겁 비워냈다.

어느덧 번들거리는 입가에 번지는 만족스러운 미소와 더불어 한 점 한 점 씹고 삼킬수록 아련해지는 눈빛의 정체는 대관절 무엇이었을까. 그것은 어쩌면 생선 한 트럭과 기꺼이 맞바꿀 만큼 가치가 있는 '맛'을 경험한 자만이 지을 수 있는 눈빛은 아니었을까. 오징어튀김보다 배추적을 더 좋아하는 나이가 되어버린 지금의 나는 그렇게 미루어 짐작할 따름이다.

때론 달달함도 필요하니까

감주

"콜라 같은 거 절대적으로 사 먹지 마. TV 보니까 오렌지주스도 완전 설탕 덩어리라고 하대."

엄마는 해소되지 않은 갈증을, 다른 음료도 아닌 콜라에 얼음 동동 띄워 벌컥벌컥 삼키며 성급히 해결하려 드는 우리가 못마땅하다는 듯 혀를 끌끌 차며 꼭 한마디를 덧붙였다.

"매실액 남았지? 거기다 얼음 넣어서 마셔봐. 건강에 훨씬 좋은 1등 음료수가 된다니까."

생각해보니 엄마는 어릴 때도 다양한 이유를 들어 콜라를 비롯한 탄산음료를 사주지 않았다. 어금니가 썩어 읍내 치과까지 버스를 타고 나가서 회색 아말감으로 썩은 이를 봉합하는 짓은 최고로 경계해야 할 일 중의 하나였다. 그래서 우리 네 남매는 통닭 먹는 날만을 손꼽아 기다렸다. 공식적으로 콜라를 실컷 마실 수 있는 유일한 날이니까. 서비스로 딸려 오는 콜라의 알싸하고 다디단 청량감을 단 한 모금이라도 맛보기 위해 기다란 병 주둥이에 침을 묻혀가며 덤벼드는 일은 다반사였다.

언젠가 콜라에 담가놓은 이가 부식되는 영상을 본 적이 있다. 도대체 콜라로 변기의 묵은 때를 제거할 수 있다는 사실을 맨 처음 발견한 사람은 누구일까? 눈을 씻고 봐도 도무지 믿을 수 없는 영상을 접했을 때, 콜라가 사람이 마셔도 되는 종류의 음료수인지 의문을 품을 수밖에 없었다.

그런데 살다 보니 콜라 한 모금이 절실해지는 순간이

있었다. 이가 부식되거나 말거나, 화장실의 묵은 때를 제거할 수 있거나 없거나, 햄버거와 치킨을 먹을 때면 사이다도 환타도 아닌 콜라 한 모금을 '꼭' 마셔야 했다. 한 줄의 경력이라도 보태 그럴싸한 이력서를 창작(?)하느라 날밤을 꼴딱 새우던 취업 준비생 시절 때도 그랬다. 열 장 쓰면 연락이 한 번 올까 싶은 냉정한 현실 앞에, 꽉 막힌 변기 같은 속을 '뻥' 뚫어줄 음료로 이 세상천지에 콜라만 한 것은 없었다. 물론, 햄버거나 치킨을 먹을 때를 제외하곤 콜라를 자발적으로 입에 댄 적은 없고, 그렇게 바라던 대로 돈을 벌게 된 이후로는 커피를 물처럼 마셔대느라 콜라 생각 따윈 거의 하지 않았지만.

자신이 엄선한 재료로 만든 음식만을 최고로 치는 엄마에게서 나름 까다롭게(?) 양육되어서인지 모르겠으나, 나는 단 음식을 그다지 즐기지 않는 어른이 되었다. 스타벅스에서 커피를 마실 때마다 치즈 케이크나 마카롱을 꼭 한 개라도 사 먹어야 직성이 풀린다는 도시 친구들의 입맛을 처음에는 잘 이해하지 못했다. 맥도날드의 소프트아이스크림은 어떤가. 포근하게 감겨드는 첫 한 입이면 족했다. 세상의 모든 다디단 음식은 내겐 그다지 유혹적으로 와닿지 않았다. 그뿐만이 아니었다. 단맛의 대척점인 매운맛에 대한 반응도 미지근했다. 슴슴하고 담백한 맛을 좋아하는 세 누나와 달리 당당하게 단 콜라와 매운 불족발을 좋아하는 남동생은 건강 전도사인 엄마의 레이더망에 종종 걸려들었지만. 엄마는 잔소리를 시전할 때마다 '아들'도 아닌 '아더얼'이라 부르며 당신 속대로 살아주지 않는 아들을 구슬리기에 바빴다.

"아더얼. 단 게 얼마나 해로운지 몰라?"

"알지. 근데 엄마, 이 정도로는 안 죽어."

"아부지가 당으로 오래 고생하는 거 보면서도, 그 시커먼 콜라가 마시고 싶나?"

엄마는 고혈압 약을 오래 복용하던 중 경증 당뇨까지 얻게 된 아빠를 언급하며 겁을 주었다. 이제 아빠는 그 누구보다 당신의 식이조절에 신경을 쓴다. 특히 달거나 짠 음식에 유독 민감한데, 단 음식이라면 치를 떨 정도가 되면서 아빠는 뭐랄까, 특유의 서글서글함마저 잃어가고 있다. 몸속에서 당분이 손쉽게 빠져나가는 만큼, (어느 면에서) 살짝 뾰족한 사람이 되었다고나 할까.

그에 반해 엄마는 기저 질환이랄 것이 딱히 없는 건

강 체질이었다. 그러나 마흔 후반에 부러진 허리가 최근 다시 말썽을 부리기 시작했고, 갱년기 이후에는 퇴행성 관절염으로 장기간 고생하고 있다. 그러면서 엄마는 첫째도 건강, 둘째도 건강, 셋째도 건강을 챙기는 사람이 되었다. 건강한 몸은 바로 건강한 먹을거리에서 비롯된다는 사실을 온몸으로 실천하는 사람이 된 것이다.

가족 건강의 적을 '단맛'으로 지목한 엄마도 일 년 중에 꼭 한 번은 요행을 부렸다. 설 연휴에 맞춰 감주를 만드는 일이 그랬다. 도시 사람들에게는 식혜로 더 익숙할 감주는 식혜에 비하면 밥알의 양이 현저하게 많다. 뭣보다 감주의 단맛을 뭐라고 표현할 수 있을까? 그것은 탄산이 빠져나간 콜라의 밍밍한 단맛과는 절대적으로 비교할 수 없는 담백한 단맛이었으므로.

본가엔 십 년 넘게 감주를 만드는 용도로 사용 중인 전용 전기밥솥이 있다. 취사와 보온 기능만 있는 기본 밥솥으로, 20인분의 밥을 거뜬히 지어낼 정도로 밥통 크기가 어마어마하게 크다. 엄마는 감주를 만들 때면 아랫방에서 대형 전기밥솥을 꺼냈고, 불린 엿기름에 멥쌀을 양껏 넣어 몇 시간이고 달였다.

아주 어릴 때, 그러니까 부엌에 아궁이가 있던 시절에는 가마솥으로 감주를 달이던 기억이 난다. 몇 시간이고 불 앞을 지키던 엄마 곁에서 군불에 뜨뜻해지는 가랑이를 오므렸다 폈다 하면서 불멍을 하곤 했다. 그때 나눈 엄마와의 대화는 금세 잊어버렸지만, 타닥타닥 소리를 내며 타오르는 아궁이에 걸린 가마솥 뚜껑 틈새로 푹푹 피어오르던 다디단 열기는 '냄새'로 오롯이 기억한다.

엄마는 잘 달인 감주를 노란 양은 찜통에 가득 담아 꼭 한데 놔두었다. 동지섣달에 이어 소한과 대한이 지난 후에야 설 연휴가 돌아왔으므로, 밖에 놔둔 감주에는 늘 적당한 두께의 살얼음이 껴 있었다. 냉장고에 몽땅 넣어둘 수도 있었지만, 엄마는 자연적인 한기로 감주의 풍미를 돋우곤 했다.

"감주 한 주전자 퍼 와. 밑바닥 살살 긁어서 건더기도 넉넉하게 담아 오고."

엄마는 꼭 출입문에 가장 가까이 있는 우리 중 누군

가에게 감주 심부름을 시켰다. 심부름꾼은 때로 두 언니가 되었다가 때로 내가 되었다. 어쩌다 맨발로 밖에 나간 남동생은 발가락이 어지간히 시렸는지, 시키는 대로 찜통 아래 가라앉은 밥알을 양껏 담지 않고 살얼음만 퍼오는 요령을 피우곤 했다. 그렇게 했다가는 다시 차디찬 마당으로 쫓겨나야 하는 줄도 모르고.

두꺼운 이불을 펴놓은 방바닥은 연탄보일러의 열기로 후끈후끈했다. 그 위에 엉덩이를 깔고 드러누운 우리들은 살얼음 동동 낀 감주를 한 그릇씩 퍼먹으며 "궁둥이는 뜨뜻하고 입안은 다디다니, 이곳이 바로 천국이로구나!"와 같은, 몇백 년쯤 신선 노릇을 한 산신령이라도 된 듯 타령조의 말을 외치곤 했다.

그날 맛본 감주는 뭐랄까, 설탕만으로는 절대 흉내 낼 수 없는 은근한 단맛을 자랑했다. 가끔은 궁금했다. 그 단맛을 만든 건 아궁이 아래 불꽃이었을까, 아궁이 앞을 끈기 있게 지킨 엄마였을까. 이후, 전기밥솥으로 감주를 만들게 되면서 그 맛은 좀 더 현대적으로 바뀌었다. 찜통 속 감주가 아닌, 냉장고 속 캔 식혜에 가까워진 맛이랄까? 그래도 여전히 깡통 속 식혜와는 비교할 수 없는 절대적으로 담백한 단맛이긴 하지만.

* * *

엄마는 이제 멥쌀을 양껏 불리지 않는다. 욕심껏 만들어내도 우리가 가지고 갈 수 있는 몫은 딱 한 병으로 정해져 있어서다. 집에서 만든 감주는 두고두고 먹을 정도로 유통기한이 길지 않았다. 설을 보내고 돌아와 서울 집 냉장실에 넣어둔 감주를 다시 맛보면, 따뜻한 방구들에 엉덩이를 지지고 앉아 마셨던 은근한 단맛과 서늘한 찬 맛이 거짓말처럼 달아나 있었다. 마치 탄산이 빠진 밍밍한 콜라처럼.

살다가 까닭 모를 서글픔이 밀려오면, 연휴 마지막 날 엄마와 실랑이를 벌이다 기어이 고집대로 한 병만 가져오던 기억을 새삼스레 떠올렸다.

"두 병 갖고 가. 한 병 갖고 누구 입에 붙일래?"

"단거 많이 마시면 해롭다면서 뭘 그렇게 갖고 가라고 해?"

"감주 단맛은 또 다르지."

"뭐가 달라. 설탕물처럼 달달하구만."

"달달해야 감주지, 달달하지도 않으면 어디 그게 감주니?"

"푸하하. 듣고 보니 또 그렇네?"

옳거니. 삼삼하고 밋밋한 맛으로만 어디 지난한 삶을 버텨낼 수 있으랴. 쓰디쓴 아메리카노엔 달달한 케이크 한 조각이 필요하고, 매콤 달짝지근한 치킨엔 청량한 콜라 한 모금을 필수적으로 따라 마셔야 하듯이, 살얼음 동동 뜬 감주를 맛보기 위해서는 아궁이가 사라져도, 전기밥솥이 고장 나도 꼭 필요한 것이 있다. 그건 바로 엄마의 정성. 그런데 어쩐지 그것만으로도 설명이 부족한 느낌이다. 그래, 오늘은 사랑이라고 말하자. (이 농약 같은 엄마의) 이 감주같이 다디단 사랑이라고.

내 앞의 한 사람을 단단히 끌어안는 일

알타리김치

동네 큰 사거리에 있는 브랜드 이불 가게. 언제부터 그 자리에서 운영하고 있었는지도 모를 그곳을 찾아간 것은, 서울에 온 김에 신혼집에 놓을 겨울 이불 한 채를 사주고 싶다는 엄마를 따라서였다. 가게에는 예상과는 달리 젊은 남자 사장이 떡하니 버티고 있었다. 누울 자리를 보고 엉덩이를 밀어 넣어도 밀어 넣어야 할 판에, 엄마는 남동생보다 어려 보이는 젊은 남자 사장을 상대로 읍내 오일장에서나 할 법한 가격 흥정을 시도했다.

마스크를 쓴 젊은 남자 사장은 눈빛부터가 호락호락하지 않았다. 동대문 쇼핑몰에서나 만날 법한 부담스러운 립서비스를 기대한 것은 아니지만, 미온적이다 못해 방금 얼음물을 마신 것처럼 차디찬 반응에 이번 흥정은 엄마의 예측대로 흘러가지 않을 것임을 어렴풋이 알아챘다. 엄마는 상대와 가게 분위기를 고려하지 않고 당신의 감대로 흥정하는 데 익숙했다. 특히 본인이 현금을 많이 보유하고 있을수록 흥정의 우위를 접할 수 있다는 다소 구시대적인 생각을 하고 있었다. 물론, 기면 기고 아니면 말고 식의 중립적 태도를 견지하면서.

어린 시절, 이따금 엄마를 따라 오일장에 간 적이 있다. 엄마는 콩나물 오백 원어치를 사면서도 가격을 깎았다. 뜨끈한 김이 무럭무럭 피어오르는 두부를 살 때도 마찬가지였다. 엄마의 바지춤을 붙잡고 선 딸의 조막손에서 땀이 비적비적 차오르는지도 모르고, 젊은 엄마는 시끌시끌한 시장 통로에서 기죽지 않고 목소리를 높였다.

수십 년 후, 유명한 배우가 출연하는 브랜드 이불 가게에서도 엄마는 오만 원짜리 지폐 한 장을 나풀나풀 흔들며 흥정에 가속을 붙였다.

"딸한테 이불 한 채 좀 사주려고 하는데요. 이번에 값 좀 후하게 쳐주면 담에 또 여기서 우리 아들 이불도 싹 바꿀 것 같은데요……. 사장님, 선낫만 깎아주면 안 될까요?"

부릉부릉, 달달달달. 아빠가 모는 낡은 시티 100 오토바이의 엔진을 켜듯 흥정에 발동 걸리는 소리……. 순간 어린 시절로 잠시 회귀한 듯 목덜미에서 땀이 비적 차올랐다. 엄마를 말려야 하나 싶었지만, 끝내 말리지 못했다. 이것은 어릴 때부터 익숙하게 보아온 엄마의 모습 중 하나였고, 말린다고 해서 쉬 멈출 일이 아니라는 것쯤은 알았으니까. 나는 늙은 엄마의 마음과 젊은 사장의 기분을 살피며, 서로를 곁눈질하느라 시간을 허비하지 않도록 화제를 돌려보겠다고 마음먹었다.

"아휴, 사장님. 저희 엄마가 시골 분이라, 요런 흥정에 익숙하셔서요."

"아, 예예. 근데요, 어머니. 이불 세트는 지금도 엄청

나게 할인 들어간 거예요. 여기서 가격 조정은 절대로 안 됩니다, 예?"

"아, 그러면……."

"에이!"

그 순간 갑자기 엄마가 내 말허리를 싹뚝 잘랐다. 창백해진 딸의 안색 따윈 살피지 않고 한 번 더 밀어붙이겠다는 심사였다. 거기서부터는 엄마를 제지하고 싶은 마음이 송곳처럼 뾰족하게 솟아올랐으나, 어쩌겠는가, 엄마가 그렇게 하고 싶다는 걸. 나는 막지 않았다.

"사장님. 야멸차게 그러지 말고 선낫만 깎아주세요, 예에?"

엄마는 지갑에서 오만 원짜리 한 장을 더 꺼내 들었다. 그러나 검지와 중지 사이에 매달린 노란 신사임당이 힘없이 나풀거리는 것으로 보아, 더 이상의 흥정은 무리라는 생각이 들었다. 다급히 엄마를 제지하기로 했다. '우린 여기까지야, 엄마. 모르겠어?' 하는 신호를 보내며, 나는 패잔병처럼 축 늘어진 엄마의 팔에 지그시 힘을 실었다. 젊은 남자 사장은 곧장 쐐기를 박았다.

"아이고, 어머님. 아까 말씀드렸잖아요. 가격 할인은

더는 안 된다고요."

'안 된다'는 말에 기어이 방점을 찍은 젊은 남자 사장은 숨을 한 번 더 골랐고,

"서비스 좀 챙겨드릴게요."

참을성 있게 말을 이어나갔다. 그는 창고 안으로 사라졌고, 곧이어 이불 세탁망 두 개를 챙겨 나왔다. 마스크에 반쯤 가려졌지만, 미간에 잔뜩 힘이 실려 있었다.

"요고, 고급 이불 세탁망이에요. 따님이랑 한 장씩 나눠 쓰시고요."

나는 젊은 사장이 건넨 이불 세탁망이, 꼭 우리 모녀를 서둘러 가게 밖으로 쫓아내려는 얕은 꼼수처럼 느껴져 마음이 영 개운하지 않았다. 어쩌겠는가, 그도 우리도 각자의 비즈니스에 충실할 뿐인 것을.

"아이고. 이불값이나 좀 깎아주면 깔끔할 일을, 있어도 그만 없어도 그만인 세탁망은 가져가봐야 어디다 쓰라고……."

엄마는 기어이 한마디를 더 올려붙였다.

"그나저나 목이 왜 이렇게 마르지. 시원한 물 한 잔만 주세요."

물 한 잔까지 받아 마시는 여유까지. 마스크를 벗고 붉게 상기된 얼굴로 엄마가 찬물을 벌컥벌컥 마시는 동안, 포근하게만 보였던 이불 가게의 온도가 미묘하게 달라졌다. 엄마는 이불 더미 속에 세탁망을 단단히 끼운 후, 나를 앞세워 천천히 가게를 빠져나왔다.

산처럼 큰 이불 더미를 이고 지고 나오며, 기어이 한 마디를 더 올려붙인 엄마에게 차올랐던 화가 서서히 누그러지는 것을 느꼈다. 그것은 이마를 스치고 간 겨울 찬바람 덕분이었을까. 사실, 이불값을 계산하기 전부터 가격 흥정을 시도하려 드는 엄마보다, 흥정 따위 허용할 수 없다는 듯 단호히 못부터 박는 젊은 남자 사장에게 까닭 모를 서운함을 느꼈다. 이불 세탁망을 서비스로 건네기 전에, 좀 더 사려 깊게 엄마의 마음을 헤아리기는 어려웠을까. 하긴, 무뚝뚝한 남동생도 잘 못 하는 변죽울림을, 처음 보는 남의 아들이 선선히 해주기를 기대하는 것도 우스운 노릇 아닌가.

그보다 이 모든 건 같은 상황을 두고 다른 이해관계를 가진 두 사람의 의견 충돌이 빚어낸 일이 아닌가 싶었다. 그러니까 살면서 우리가 무수히 겪게 될 자잘한 해프닝 중 하나일 것이라고. 그러자 알 수 없는 적의로 가득 차올랐던 마음이 서서히 누그러졌다. 나는 엄마에게 슬쩍슬쩍 농담도 하며 왔던 길을 천천히 되짚어갔다.

"와, 명순표 흥정이 눈 뜨면 코 베어 가는 서울 땅에서는 전혀 안 먹히네?"

"고만 됐어. 이불값은 내 계산보다 훨씬 싸게 먹혔으니까."

그러다 마흔여덟 살, 사고로 부러진 허리뼈가 잘못 올려 붙으며 어느샌가 교묘히 균형이 틀어진, 내 눈에는 한없이 안쓰럽기만 한 궁둥이를 슬렁슬렁 흔들며 걷는 엄마를 바라보았다. 아마 이 상황에서 손해 본 사람은 엄마도 젊은 남자 사장도 아닐 거라는 생각이 들었다.

'그래, 이보다 합리적인 비즈니스가 있을까? 그런데 왜 내 마음은 이리도 서글프지?'

***

집에 도착한 엄마는 커다란 이불 더미를 저만치 치워 둔 채 커다란 플라스틱 대야를 끌어왔다. 그곳에는 소금물과 당원으로 미리 숨을 죽여놓은 큼직하고 단단한 알타리 일곱 단이 그득그득 담겨 있었다. 엄마는 도마를 내려놓고 바닥에 주저앉았다. 알타리를 또각또각 자르는 폼이, 그 눈빛이, 이제 막 새롭게 일을 시작하는 젊은 셰프의 눈빛처럼 생생하게 살아났다.

"알타리는 큼직하게 먹어야 맛있지."

"그렇지. 엄마, 뭣 좀 도와줘?"

나는 서울말도 예천 말도 아닌 애매한 억양으로 말을 이어갔다.

"뭣 하려고. 너도 네 살림 하느라고 충분히 힘들었을 텐데."

오랜만에 엄마를 졸라 알타리김치를 얻어먹기로 했다. 엄마는 알타리에 풀, 고춧가루, 까나리액젓, 새우젓을 가미해 적당히 매콤하고 달짝지근한 양념장을 뚝딱 만들어냈다. 그러나 그 모습을 바라보는 내내, 나는 내가 사거리의 이불 가게에서 단 한 발자국도 벗어나지 못했음을 깨달았다.

'우리가 사투리를 쓰는 모녀가 아니었다면, 좀 더 그럴듯하고 고풍스러운 태도로 가격 흥정을 시도했다면 어땠을까? 이불값 따윈 끝내 못 깎았더라도 덜 무안했을까?'

이런 생각들은, 본가를 떠나 서울 생활을 시작한 지 십수 년이 지났음에도, 샤워 타월로 아무리 벗겨내려 해도 벗겨지지 않는 해묵은 때처럼 켜켜이 자리한 나의 못난 모습 중 하나다.

"냉동실에 참깨 있지? 한 주먹 집어서 살살 뿌려봐."

그런데 세월이 지날수록 한 가지는 더욱 분명하게 알 것 같다. 내가 기어이 이해해야 할 사람이 누구인가를. 그건 바로 이불 가게에서의 해프닝은 벌써 오래전 일처럼 새까맣게 잊어버린 천연한 얼굴로 고춧가루 한 주먹 슬슬 뿌려 알타리를 힘껏 버무리는 엄마여야 할 것이라고. 나이만 먹었지, 바람 든 무를 씹듯 못난 생각을 퍼석퍼석 씹어대며 되새김질하는 딸의 입속에 맛있는 거 한 가지를 더 넣어주기 위해, 부러진 허리뼈를 곧추세운 채 끝내 엉덩이로 기어서라도 부엌을 전력 질주 중인 내 앞의 엄마를, 끝내 사라져버릴 내 안의 한 사람을 알타리를 씹듯 단단하게 꽉 껴안는 일일 것이라고.